ISBN 978-2-490742-43-1

LBS SÉLECTION est un label LBS FRANCE S.A.S.
www.lbs-editions.fr

Jean-Raoul Ismaël

Le paladin du Piton de la Fournaise

roman

LBS
SÉLECTION

Prologue

Ici, tout est blanc... On flotte dans l'espace. De petits nuages servent de sièges, les toges et les barbes des maîtres des lieux sont, elles aussi, immaculées.

Malési les a tout de suite reconnus : le plus majestueux sur son siège imposant, c'est Dieu. À sa droite, sans doute, son fils, et en contrebas le personnage avec un gros trousseau de clés, c'est, à n'en pas douter, saint Pierre. Et puis, quelques anges aux ailes déployées virevoltent, on ne sait pas pourquoi. Sans doute pour l'ambiance. Certains, pourtant, sont dotés d'écritoires. Des anges greffiers, probablement.

Tout cela ne sent pas bon. Malési a compris qu'il comparaissait devant son créateur. La voix de saint Pierre le glace :

— Dieu Tout-Puissant, nous avons à traiter du cas de ce Jean-René Malési.

— Ah, oui, je connais le dossier. Un homme qui a beaucoup reçu. N'est-ce pas, Jésus ?

— En effet, Père. En fait de talents, il a beaucoup reçu. Et il a peu restitué. Pourtant, ce n'est pas faute de le lui avoir rappelé. C'est un chrétien pratiquant, il a donc entendu souvent la parabole sur les talents dans nos églises. Il ne peut prétendre être surpris. N'est-ce pas, Jean-René ? Tu as entendu mon texte, rappelle-toi ce passage essentiel :

« Un riche entrera difficilement dans le royaume des cieux. Je vous le répète : il est plus facile à un chameau de passer par un trou d'aiguille qu'à un riche d'entrer dans le royaume des cieux. »

Alors, qu'as-tu à répondre pour ta défense ?

— Dieu Tout-Puissant, j'ai tant de choses à dire, mais étant omniscient, vous les connaissez déjà.

— Ce que nous voulons, c'est les entendre de ta bouche, une sorte de confession. Alors dis-nous ce que tu as fait pour les autres, les déshérités, les pauvres, les malades, les sans-abri, les réfugiés... En quoi as-tu soulagé la misère du monde ? Qu'as-tu donné de ta fortune ? En résumé : à quoi as-tu servi ?

— J'ai été tellement accaparé par mon travail...

— Excuse irrecevable. Le travail pour certains n'est qu'une fuite pour masquer leur vide intérieur ; sauf ceux qui gagnent leur pain quotidien à la sueur de leur front, les autres n'ont aucun mérite. Tu t'es comporté comme un égoïste, ne pensant qu'à toi, à ta réussite matérielle, tu as passé ta vie à prouver aux autres que tu étais plus malin, plus joueur, plus roué ou plus entreprenant. Tu leur as menti, mais surtout à toi-même. Tu as acquis des choses inutiles. Rien ne te survivra. Le souvenir que tu laisses sur la terre s'est effacé à l'instant même de ton arrivée ici. Et tes amis d'enfance ? Où étaient-ils ? Surtout pas derrière ton cercueil lors de ton enterrement. Et tes frères et sœurs ont-ils eu une larme pour toi ? Tu ne les fréquentais plus depuis longtemps, absorbé par tes tâches inutiles. Ils sont restés là-bas dans ton île et tu les as oubliés. Ton passage sur terre n'aura servi à rien.

— J'ai pourtant suivi les prescriptions de notre Église catholique. Je n'ai jamais loupé la messe, j'ai respecté à peu près les dix commandements.

— As-tu suffisamment lu le discours des Béatitudes de mon fils Jésus? Non, bien sûr. Tu aurais dû.

— *Mea culpa.*

— Père Tout-Puissant, quelle est votre décision ? intervient saint Pierre qui s'impatientait devant la file des nouveaux arrivants.

— L'enfer. Conduis cet homme dans la géhenne éternelle.

— Quel motif inscrit-on sur le registre ?

— Passage sur terre inutile.

Jean-René Malési dut suivre saint Pierre. Quand il aperçut le feu de l'enfer, il se mit à suer à grosses gouttes. Il était terrifié... Il voulut se dérober. Une main ferme l'agrippa, une main dont on ne peut se libérer. Il était déjà en eau tant la terreur le secouait de toutes parts.

Son oreiller était trempé. Il sursauta et réalisa qu'il était maintenant dans un lit. Son lit.

Malési avait fait un cauchemar. Il bénit le ciel pour ce rendez-vous ajourné.

Ce rêve ne le quitta plus. Il dut vivre avec. Chaque fois qu'il y repensait, sa tension faisait un bond. Pourtant, il se considérait comme un homme de bien, un peu égoïste peut-être, mais un homme honnête et travailleur. Était-ce sa faute s'il avait eu dès son plus jeune âge la conviction qu'il était différent de tous ses frères et sœurs ?

Ses parents n'avaient pas fait de détail, ils étaient adeptes de la famille nombreuse. Non par conviction, mais en tant que bons chrétiens. Chez les Malési, la contraception, c'est déjà le péché.

Alors, après l'arrivée sur terre de Jean-René, il y eut neuf autres Malési. On lui avait transmis des gènes d'orgueil et de volonté de puissance. La supériorité qu'il ressentait face à ses copains de Saint-Denis, d'où venait-elle ? Il ne l'avait tout de même pas inventée ! Oui, il était plus futé, plus intelligent même, plus entreprenant, c'est certain, une âme de leader, non pas de leader ce qui suppose d'entraîner les autres, beaucoup d'autres, derrière soi, mais de bâtisseur d'avenir.

Tout cela restait bien discret car, pour être objectif, à cette époque, Jean-René Malési n'avait pas de quoi faire le fier. Il ne brillait ni par ses résultats scolaires, ni par son charisme sur ses camarades. Ces certitudes, ce feu purement intérieur ne se matérialisaient qu'au cours des interminables parties de football ou lors des bagarres dans la rue ou sur le terrain vague jouxtant le garage. Il fallait savoir s'imposer, marquer son territoire. Le jeune Réunionnais avait vite appris à le faire.

Dieu, dans son rêve, avait été injuste envers lui. Il se jura de préparer son dossier avec sérieux pour la vraie rencontre qu'il n'était guère pressé de voir se réaliser. Il lui fallait reprendre tout par le commencement...

- 1 -

La voix avait hurlé. Celle du père. Cela lui arrivait souvent :

— Où es-tu passé ? Viens donc aterla[1]!

Quand on a dix enfants, il faut de la discipline. Jean-René accourut. Le garage puait l'essence, l'huile de vidange malgré la sciure généreusement répandue pour la recouvrir et éviter les glissades intempestives, mais aussi le caoutchouc brûlé de pneus qui avaient roulé à plat durant des kilomètres pour arriver jusqu'à « Chez Lulu ».

Jean-René avait peur de son père. Celui-ci était colérique, dur à la tâche, mais courageux et juste. Il en fallait d'ailleurs, de la rigueur, pour nourrir les dix bouches des rejetons.

« Chez Lulu », on rafistolait, on parait aux urgences, mais on entretenait aussi quelques berlines de la bourgeoisie locale. Le boulot ne manquait pas. Lucien Malési avait dû embaucher

---

[1] Ici

deux arpètes pour la réparation des pneus, les vidanges, les niveaux d'huile moteur, d'eau ou de liquide de freins. Le plus habile des deux était même en mesure de changer une bobine d'allumage ou de remplacer un radiateur, du moins pour les Citroën et les 4 CV Renault. À La Réunion, la chaleur n'est pas propice à la longévité des radiateurs.

— Si tu ne retrouves pas la clé de huit, mi languette a ou[2] ! Je t'ai vu la prendre en misouk[3] pour bricoler ton vélo.

— Je l'ai remise dans la caisse à outils bleue.

— C'est pour ça qu'elle n'y est pas. Allons, remue-toi !

— Lé bon, j'vais la retrouver.

Quelques minutes plus tard, le gamin tendit la clé à son père :

— Tu vois, il n'y avait pas de quoi guélé[4] !

— Va voir monmon[5], elle t'a demandé à la maison.

Jean-René obtempéra tout en maugréant. La mère tournait à l'aide d'un gros bâton noueux des paquets de draps plongés dans une bassine posée sur un trépied sous lequel un feu de bois

---

[2] Râclée
[3] En cachette
[4] Crier
[5] Maman

portait l'eau à ébullition. Quand tout avait bien bouilli, elle transférait le linge dans un baquet en bois dans lequel elle mettait moitié eau bouillante, moitié eau froide prélevée à la fontaine. Elle frottait les draps préalablement enduits de gros savon de Marseille avec une brosse de chiendent.

— Sais-tu où es ton frère Denis ? Va me le dégoter, il doit prendre ses médicaments, c'est l'heure. Il n'est pas encore tiré d'affaire.

— Il joue encore au foot, on y était tous.

— Ramène-le. Et puis tu vas faire tes devoirs.

— C'est toujours moi qui m'y colle !

— Tu es l'aîné, non ?

— Je m'en passerais bien...

Chez les Malési, on n'était pas malheureux même si on devait faire des prodiges d'imagination pour joindre les deux bouts. On conservait les vêtements pour les plus jeunes. Jean-René, avec son statut d'aîné, avait les frusques les moins rapiécées. Il fallait bien qu'il y eût un avantage à endosser ce rôle d'aîné...

Le père ne s'arrêtait de travailler que le dimanche. On faisait quelques ablutions de bonne heure le matin, exercice pas facile quand on ne connaît pas le confort d'une salle de bains : juste un cabinet de toilette avec une grande cuvette, émaillée tout de même, et un broc plus rustique. Pas de tout-à-l'égout, on balançait l'eau usagée par la fenêtre.

On enfilait ensuite les habits du dimanche, puis on se pressait en file indienne vers l'église. Procession ordonnée, le père en tête, la mère fermant la marche avec le plus jeune des exemplaires de la famille dans les bras.

Chez les Malési, on ne plaisante pas avec les offices religieux. Alors tout le monde connaît les réponses de la messe en latin, on possède son *Kyrie* ou son *Agnus Dei* ou encore son *Credo in unum Deum* sur le bout des doigts. On a la religion chevillée au corps.

L'après-midi, on jouait au football ou on allait à la plage. Et puis retour au bercail. Un œil sur les devoirs et on avalait le rougail saucisse que maman Malési cuisinait si bien. Malgré son travail harassant, monmon était une fine cuisinière. Elle savait concocter des plats gourmands avec des riens.

Jean-René passait plus de temps avec les copains dans la rue qu'il n'usait ses culottes, encore courtes à son grand dam, (il aurait tellement aimé des pantalons longs comme les plus grands) sur une chaise pour lire ou apprendre ses leçons. Tout le monde disait qu'on n'en ferait pas un intellectuel. Son père en rajoutait :

— Si tu n'apprends pas, que vas-tu faire ? Tu n'es pas bon à grand-chose avec tes mains. Tout juste arrives-tu à tourner une clé à molette...

— Je me débrouillerai, ne t'en fais pas pour moi.

— Dieu t'entende.

Le fils, qui allait aborder ses douze ans, avait conscience de son problème : n'étant ni manuel ni intellectuel, qu'allait-il devenir ? Il se posait la question. Pourtant, il possédait une conviction forte en lui : il trouverait sa voie, et elle serait royale.

Enfin, c'est ce que le gamin imaginait.

Une seule lecture le retenait : les *Fables* de Jean de La Fontaine. Il avait un faible pour *Le Lièvre et les grenouilles*. À cause de ce passage :

« *Un lièvre en son gîte songeait, (Car que faire en un gîte, à moins que l'on ne songe ?) Dans un profond ennui ce lièvre se plongeait...*

Oui, c'était bien là son drame : Jean-René s'ennuyait. L'île était trop exigüe pour ses rêves et ses ambitions. Il ne les avait pas encore identifiées mais il les sentait, tel un principe ancré en lui, une idée fixe aux contours imprécis.

Alors, il songeait… Il construisait des châteaux, non pas en Espagne, mais en métropole. Dès qu'il entendait le mot « Paris », son visage s'illuminait. Paris, lieu de tous les fantasmes, de tous les espoirs… Il rayonnait en entendant ce mot magique… Dans son lit, il s'imaginait des destins flamboyants et s'il entrevoyait ceux-ci, il pestait d'ignorer le chemin pour y parvenir. Il reconnaissait qu'il ne faisait rien pour sortir de ce cruel constat. Voilà, se disait-il, j'ai des envies, mais je suis incapable de me donner les moyens de les réaliser. Un doux rêveur, notre Jean-René… En attendant, il lui restait le profond ennui.

- 2 -

Volcan l'a pété [6]!

La nouvelle se répandit comme une traînée de poudre. De toute manière, pas question de l'ignorer, le panache de fumée et le nuage d'eau montent jusqu'à plus de 3 000 mètres. Du jamais vu, un tel phénomène pour cette génération ! Ici, on est pourtant blasés. Pensez-donc, depuis 1945, *l'a pété* presque tous les ans ! Oui, mais cette fois, c'est une grosse éruption. Certaines ont duré près d'un an avec des intensités irrégulières, mais celle-là, c'est autre chose. On a droit à tout : l' hydromagmatisme a joué à plein, la lave a gagné la mer. Des explosions dues aux retombées du magma dans l'eau se répercutent sur tout le Grand Brûlé. À vous rendre sourd. Et au cours des jours suivants, le déchaînement s'amplifie. Le nuage d'eau et de fumée s'élève maintenant à près de 6 000 mètres. Pas question de louper un tel spectacle. On veut voir cela

[6] Le volcan est entré en éruption

de plus près. Les voitures quittent Saint-Denis pour emprunter la côte est et gagner le Grand Brûlé.

Jean-René, avec ses parents, est allé quelques fois sur ce flanc du piton de la Fournaise, volcan le plus actif au monde par la fréquence de ses éruptions. Le paysage est en perpétuelle mutation à la suite de chacune des colères du volcan.

Quand il se repose, on hante les lieux avec gourmandise, mais aussi avec respect. On laisse la voiture au bord de la route et on gambade sur des roches parfois encore chaudes. On franchit des petits cours d'eau, on contemple d'impressionnantes cascades. On pousse jusqu'à la forêt depuis le rempart de Bois Blanc au nord, jusqu'au Tremblet au sud, forêt à la présence inattendue et qui, de toute évidence, apprécie, entre chaque calcination, les minéraux des cendres nourricières.

Le volcan a piqué sa colère sur le flanc nord-est, près du cratère Picard. Cela tombe bien, on peut y accéder plus facilement.

Depuis l'année précédente, le tourisme sur le Piton s'est beaucoup développé. Les autochtones entendent en profiter eux aussi. Pas question de manquer la plus belle éruption de mémoire de Réunionnais. On est le mercredi 5 avril 1961.

Jean-René Malési, pour une fois qu'il se passe quelque chose d'important sur l'île, ne veut pas manquer le spectacle. :

— On va y aller dimanche, n'est-ce pas, papa ?

— Tu n'es pas un peu malade, mon gars, va y avoir un monde fou.

— Tant pis, faut y aller !

Le père ne veut rien savoir. Comme on allait à la messe et que cela occupait la matinée, l'expédition ne pouvait avoir lieu qu'après le repas dominical. Et là, ce serait pare-chocs contre parechocs, le grand embouteillage, de la folie pure ! Ce sera non !

— Et si j'y vais avec les parents de Norbert ? Tu veux bien ? Ils ont une place dans leur Traction.

— Faut voir, on en causera ce soir avec monmon. En attendant, fais rentrer tes frères et sœurs, v'la la sauce[7] qui se déchaîne, elle est si forte qu'elle va te l'éteindre, ton volcan, y aura plus rien dimanche !

— Mais si elle ne l'a pas éteint, je pourrai y aller ?

— Je t'ai dit : on va en kozer[8] ce soir.

Pour une fois, le gamin obtint gain de cause contre l'engagement d'accompagner son jeune

---

[7] La pluie

[8] En parler

frère le lendemain jeudi, jour de repos des écoliers, au patronage pour sa première sortie. Bon, adieu le match de foot prévu avec la bande du quartier, mais le Piton valait bien ce sacrifice !

C'est ainsi que Jean-René Malési eut le premier gros choc de sa vie. Un tournant aux conséquences inattendues.

Le voyage fut interminable. Il fallut plus de deux heures pour atteindre Saint-Benoît. Le panache de fumée titillait la voûte céleste. La pluie rageuse les avait accompagnés depuis Saint-Denis, mais avait cessé bien avant Sainte-Rose. La colère des entrailles de la Terre avait pulvérisé les stratus poussés par les vents dominants d'est.

On arriva à trouver sur la berme un endroit pour remiser la vieille Traction hoquetante. Le temps de grimper sur un morne et, au milieu de centaines de curieux, on aperçut enfin les coulées de lave bouillonnante dévalant le nouveau cratère pour se hâter de gagner la mer, brûlant tout sur leur passage. Un fleuve incandescent que rien ne pouvait arrêter dans sa course folle. Les quelques gendarmes présents empêchaient les plus téméraires de s'approcher davantage. Certains badauds, plus prudents, portaient des masques pour se protéger de gaz éventuellement nocifs, cela s'était déjà vu...

Jean-René apercevait depuis son promontoire le feu d'artifice qui jaillissait des profondeurs de la Terre. « Quelle force, se dit-il, on ne peut rien contre elle. Voilà ce qui arrive quand on comprime trop l'énergie, elle finit par tout faire péter, elle emporte tout ».

Il se frotta le front légèrement humide et comprit le symbole de ce phénomène hors du commun : lui aussi finirait par exploser et libérer ce qui s'accumulait en lui. C'était évident. Ce n'était plus qu'une question de temps et d'opportunité.

Il demeura pétrifié, perdu dans ses pensées. Le piton de la Fournaise, c'était lui, son explosion aurait lieu un jour. Ce qui bouillonnait en lui sortirait, et là on verrait bien ce dont il serait capable.

Sur le chemin du retour, Jean-René commença à s'imaginer un avenir à défaut d'un destin mais, diable, par où commencer quand on a si peu d'idées et encore moins de projets... Son optimisme naturel lui faisait espérer un coup providentiel, un petit train avec un wagon chargé d'ondes positives qu'il suffirait de prendre. Ce qui était sûr, c'est que si ce convoi passait devant lui, il ne le laisserait pas filer. Un seul bond et il se hisserait dedans. N'avait-il pas lu quelque part cette phrase qu'il avait soigneusement notée sur un cahier d'écolier : « Le hasard ne favorise que les esprits préparés » ? Louis Pasteur avait raison. Malési était convaincu du principe, restait à trouver... la préparation.

Ce soir-là, pour une fois, dans son lit, le gamin ne connut pas l'ennui. Et s'il songea, c'est en s'imaginant des destins plus glorieux les uns que les autres. Chimères, oui, sans doute, mais premières ébauches, propres à redonner le sourire. Le piton de la Fournaise avait rendu son oracle. Il pouvait donc patienter encore quelque temps. Son heure viendrait.

- 3 -

Malgré ses bonnes résolutions, l'aîné des Malési ne se donnait toujours pas les moyens de nourrir ses ambitions. Le lycée Leconte-de-Lisle n'ajouterait pas son nom aux illustres anciens élèves de l'établissement : Raymond Barre et Paul Vergès. Un anonyme, tout au plus, ce fils de garagiste. Cette affaire des études, d'ailleurs, traînait en longueur. Il avait dix-sept ans et peu de chances de décrocher le baccalauréat, compte tenu de ses lacunes dans la plupart des matières. Disons-le : Jean-René était un élève médiocre, plus doué pour les dribles sur un terrain de foot que pour analyser un poème de Verlaine ou un texte de Victor Hugo. *France Football*, voilà une saine lecture ! Et il était prêt à disserter des derniers matchs de l'équipe de France, de préférence à Montaigne ou Diderot. Herbin, Djorkaeff, Bosquier lui étaient plus familiers que Flaubert, Maupassant ou Balzac...

Dès qu'on sortait de classe, on fonçait sur le terrain vague. On constituait les équipes et c'était parti pour une heure de football peu académique il est vrai. Jean-René voulait introduire un semblant de tactique et de technique. On le rembarrait.

— Fiche-nous la paix avec tes conneries, on perd du temps.

— Mais on n'arrivera à rien, à jouer comme ça ! Regarde, Luc, tout le monde est derrière le ballon alors qu'il faudrait quadriller le terrain ! Se faire des passes, quoi !

— Fais pas chier, tu n'es qu'un bavard prétentieux.

Dans la cour de récréation, sa grande gueule ne lui valait pas que des amis. C'est pourtant là qu'il se sentait le plus à l'aise. Il ne craignait personne et pouvait s'imposer par son physique et ses propos cinglants et gonflés d'arrogance. Les bulletins scolaires traduisaient bien la situation : « *Élève peu concerné par le travail scolaire. Brille plus par sa suffisance dans la cour de récréation que devant ses problèmes d'algèbre ou ses dissertations. Doit se reprendre.* » Le proviseur avait ajouté sa note personnelle : *« N'a pas les moyens de sa politique »*. Le refrain était déjà connu, un classique des bulletins mensuels.

Le père Malési n'appréciait pas. Mais tellement absorbé par son travail (il venait d'embaucher un troisième apprenti) et par les jeunes frères et sœurs de Jean-René, qu'il en était venu à lâcher la pression sur l'aîné. Celui-ci en profitait pour vivre selon son humeur. Quand il n'était pas au lycée, il sillonnait Saint-Denis avec sa nouvelle mobylette Motobécane, la Bleue, celle qui triomphait sur toutes les routes de France et des départements d'outre-mer. Il se permettait d'embarquer sur le siège arrière un copain ou, le plus souvent, une jeune fille à peine en fleurs. De ce côté, le jeune Malési n'avait que l'embarras du choix, bénéficiant d'un physique qui attirait la gent féminine tels des papillons de nuit envoûtés par la moindre loupiote qui pointait son éclat dans les ténèbres. Il en tirait une fierté supplémentaire qui ne faisait que conforter son sentiment de supériorité sur ses condisciples du lycée. Pas de bonnes notes, certes, mais au bout du compte, combien de buts marqués, combien de petites Réunionnaises aux fesses endolories par les trépidations de la mobylette ?

Jean-René n'entretenait que des relations platoniques. Sa religion lui interdisait de pousser plus loin son avantage. Pas avant le mariage. Et puis, il avait le sens de l'honneur, celui que cultivait la famille. Il n'aurait défloré pour rien au monde la vertu de ses passagères. Quelques caresses, oui, des seins un peu plus qu'effleurés, certes, des baisers un tantinet trop prolongés, à la rigueur, mais rien de plus. Eût-il envisagé de transgresser la règle que la perspective de conséquences irrémédiables calmait dans l'instant les pulsions d'un jeune homme au fonctionnement hormonal pourtant conforme à son âge. Les mœurs de la jeunesse réunionnaise n'étaient pas encore polluées par les rares échos venus de la métropole, la télévision balbutiait sur l'île, et le pouvoir veillait jalousement à la moralité des contenus.

On annonça sur l'île une arrivée surprenante : une équipe de la télévision française venue effectuer un reportage, *Seize millions de jeunes*, consacré à la jeunesse de l'île. Le magazine d'actualité *Zoom* de Harris et Sédouy était né les mois précédents sur la 2e chaîne, elle-même créée un an avant.

Michel Debré, ministre du général de Gaulle et député de La Réunion depuis mai 1963 (élu avec plus de 80% des suffrages), venait d'offrir un cadeau aux Réunionnais : la télévision pour Noël 1964. Nul doute qu'il avait œuvré pour que Harris et Sédouy viennent faire un reportage sur les jeunes de l'île. À l'époque, les suggestions des gouvernants avaient force de loi ! Diantre, la RTF ne tremblait-elle pas de tous ses membres quand tante Yvonne (Mme de Gaulle) appelait Peyrefitte pour se plaindre de l'irrévérence de Jean-Christophe Averty, avertissement sans frais avant limogeage ! La censure sous l'œil vigilant du garde-chiourme et ministre de l'Information (cela ne s'invente pas), veillait aux bonnes mœurs de la petite lucarne...

L'arrivée de l'équipe parisienne occupa la presse locale. On s'intéressait à l'île, on se souciait de sa jeunesse. Alléluia ! Branle-bas de combat ! La métropole débarquait !

La plus grosse partie des habitants ignora pourtant l'événement et demeura indifférente aux secousses du microcosme du monde politique local.

Un tel phénomène ne pouvait échapper à la curiosité de Jean-René Malési. Il faisait partie de cette jeunesse à laquelle les reporters s'intéressaient. Oui, sans doute, mais il n'y avait pas une chance sur un millier qu'il puisse croiser le chemin de l'équipe et se faire remarquer.

Le sort, ou la Providence, ce qui revient au même, en décida autrement.

Il était temps, car du côté des études, la bérézina se poursuivait. Le baccalauréat s'éloignait au fur et à mesure que la date de l'examen, elle, se rapprochait... Le brillant gamin qui avait enjambé le CE1 à la sortie du CP pour rejoindre directement le CE2 avait perdu de sa superbe scolaire au fil des ans.

Le football, les rêves impossibles, une certaine paresse intellectuelle étaient venus miner les ardeurs de l'écolier, puis celles du collégien. Cet univers scolaire lui apparaissait en outre si étriqué, si réducteur, si peu propice aux ambitions secrètes qu'il rechignait à forcer une nature réfractaire aux enseignements.

Jean-René, sur les bancs du lycée, végétait, alors qu'il était persuadé, sans justification aucune, que le vers de Victor Hugo dans *La Légende des siècles* s'appliquait à lui : «... *déjà Napoléon pointait sous Bonaparte...* ».

C'est un potache désabusé, blasé, qui sortit du lycée pour la pause de midi.

Une Peugeot blanche, une 204 récemment sortie des usines de Sochaux commençait à circuler dans l'île, notamment chez les loueurs de La Réunion.

Le véhicule s'arrêta le long du trottoir :

— Jeune homme ? S'il vous plaît, un renseignement.

— Oui ? répondit le lycéen, en s'approchant de la vitre baissée.

— Je cherche un coiffeur pour dames et je suis un peu paumée...

— Ah, comment vous expliquer... Ce n'est pas très loin, mais pas simple à trouver. Le mieux, c'est que je vous y conduise.

— Cela ne vous dérange pas ?

— C'est l'heure du déjeuner, je n'ai rien à faire.

— Alors, c'est sympa de votre part. Montez.

C'est alors que le ciel tomba sur la tête du fils Malési. La femme, une superbe brune d'une trentaine d'années, possédait non seulement une beauté indiscutable mais elle avait bien plus. Le charme de sa voix, sa manière de sourire, un petit nez légèrement retroussé donnant à son regard un air mutin, semèrent un désordre total dans la tête du jeune homme.

— Vous êtes lycéen ?

— Oui, en terminale.

— Cela se présente bien ?

— Un désastre. Pour tout dire, les études m'ennuient.

— Et vous envisagez de faire quoi, plus tard ?

— Bonne question, je me la pose depuis ma 5e, que j'ai d'ailleurs redoublée. Pour ne pas perdre cette bonne habitude, j'ai redoublé aussi ma seconde. Et ce n'est sans doute pas fini. Mais c'est parce que j'aime tellement l'école que j'en profite pleinement, je prends mon temps.

— En tout cas, vous avez de l'humour. Vous savez que cela sauve beaucoup de gens ?

— On verra si cela s'applique à moi. Et vous que faites-vous à La Réunion ?

— Je suis en reportage pour la télévision.

— Non ! Pas possible !

— Mais si...

— Quelle chance j'ai eue de tomber sur vous. J'ai entendu parler de ce reportage. Mais, bon, vous voilà arrivée. C'est là, sur le trottoir d'en face.

— Merci.

Avant de traverser la rue, la jeune femme marqua un temps d'arrêt puis ajouta :

— Cela vous intéresserait de suivre mon équipe, bien sûr quand vous n'avez pas cours ? Vous pourriez me servir de guide durant mon séjour.

— Avec plaisir, madame.

— Je m'appelle Luce. Et vous ?

— Jean-René.

— Bon, si vous êtes d'accord, on se retrouve demain matin, c'est samedi, vous n'avez pas de cours. Peut-être d'autres obligations ?

— Pas du tout, s'empressa de répondre le lycéen.

Aurait-il eu un agenda chargé comme celui de Michel Debré qu'il aurait avancé la même réponse. C'était un cas impérieux, un impératif catégorique comme disait le philosophe Kant, un des rares résidus de ses cours de philo.

Une euphorie incontrôlable s'empara de Jean-René Malési. La chance lui souriait. Pas trop tôt. Malgré son immense surprise, il estima que c'est quelque chose comme cela qui devait lui arriver. Il en avait toujours été persuadé, à peine ébranlé par des doutes inévitables.

- 4 -

L'émission tournée dans l'île avançait. Jean-René Malési y avait fait une apparition brève, mais remarquée. Dès que le lycéen avait du temps libre, il servait de copilote à la jeune reporter. Parfois, elle le ramenait devant le lycée. C'était son heure de gloire. Tous les élèves bavaient devant la belle célébrité. « De quoi faire bisquer tous ces petits cons », se disait l'heureux guide. Cette bonne fortune déclencha un vent d'animosité contre lui. On le battit froid, on le traita de prétentieux, d'intrigant. Eût-il contracté la peste qu'on ne l'eût pas évité davantage. Toute cette hostilité fut reçue avec indifférence et mépris par Malési. Il en puisa une maxime personnelle qu'il devait garder toute sa vie : la réussite déclenche forcément la jalousie et l'hostilité, c'est le prix à payer.

Et il était prêt à payer encore davantage... On ne put empêcher quelques mauvaises langues d'imaginer des relations coupables entre les deux complices du reportage. Mais le phénomène restait très marginal car c'eût été reconnaître de la part des potaches des mérites supplémentaires au coupable et lui attribuer un titre de don juan en sus de celui de *lucky guy*. Inacceptable.

Au fil des jours, le lycéen en ballottage défavorable commença à se raconter de douces et tendres histoires. Luce Cortanze était si belle et si passionnante... Ils prirent l'habitude de déjeuner ensemble tous les midis et en dehors du reste de l'équipe de tournage.

La journaliste se montrait curieuse :

— Que comptez-vous faire plus tard ?

— Je ne sais pas. Par contre, je sais ce que je ne ferai jamais.

— Par exemple ?

— Garagiste, et par extension tous les métiers manuels, car mes doigts ne me servent qu'à compter. Mes pieds ne valent pas mieux, ils ne m'en servent que pour jouer au football.

— Il y a bien d'autres métiers.

— J'en rencontrerai un, mais pour l'instant je ne cours après aucun.

— Vous lisez ?

— Bien sûr !

— Tiens donc, voilà un point positif. Quel genre de livres ?

— Des illustrés, des bandes dessinées, quelques extraits du *Reader's Digest*, et, contraint et forcé, quelques pages des auteurs au programme : Montaigne, La Rochefoucauld, Alain.

— Si je comprends bien la situation, il y a beaucoup de travail à faire. On se demande par quel bout commencer...

— Donnez-moi le premier fil de la pelote, je la tirerai, même si je ne la dévide pas jusqu'au bout.

— Je propose que l'on se tutoie, ce sera plus facile. Après tout, je ne suis pas si vieille...

— Comme vous voudrez.

— Et n'oublie pas que j'ai un prénom : Luce.

La coréalisatrice du reportage prit les choses en main. Elle parla à ce beau jeune homme, un peu gauche mais débordant d'humour et de lucidité sur lui-même, de ses auteurs préférés : Stendhal, Flaubert, Maupassant... Pour lui être agréable, il se lança dans la lecture du livre *Le Rouge et le Noir* qu'il acheva en deux soirées et une nuit, puis entreprit la lecture de *Bel-Ami*. Ce fut la révélation. D'un coup d'un seul, le lycéen admit qu'il existait un monde dont il ignorait tout, mais qui recelait des trésors insoupçonnés.

Cet effort fut apprécié par Luce à sa juste mesure. Dès lors, elle ajouta à la liste *Martin Eden* de Jack London. Le choc fut terrible. Enfin, il tenait un modèle. Un homme qui avait commencé au bas de l'échelle sociale et était devenu un des plus grands écrivains de son temps. Le héros du roman suivait un itinéraire voisin, troquant au fil des ans son métier de docker pour atteindre la célébrité littéraire.

Luce raconta avec force détails la vie mouvementée de l'auteur de *L'Appel de la forêt* et quand Jean-René eut achevé le roman phare de Jack London, ils discutèrent tard dans la nuit de la portée de l'œuvre qui avait tant ému le fils du garagiste. Il savait que, désormais ses lectures ne seraient plus jamais les mêmes.

Les conversations ne portaient pas que sur la littérature. Luce était passionnée de peinture et d'arts plastiques. Elle lui fit, un midi, un résumé de l'histoire de la peinture depuis les merveilles des tombeaux des pharaons en passant par l'école italienne de la Renaissance pour atteindre l'école hollandaise et espagnole et parvenir à l'époque moderne en évoquant les impressionnistes, les fauvistes, cubistes, surréalistes et terminer par Picasso et surtout un de ses coups de cœur, le portugais Pomar.

Jean-René buvait les paroles de celle qui depuis quelques jours jouait le rôle de mentor. Il se sentait comme un petit garçon revenu en CP, écoutant attentivement la passionnante maîtresse lui faire découvrir les premiers rudiments de la langue française.

Pour la première fois de sa courte existence, le jeune homme eut une envie irrépressible d'apprendre. Il se jura de mettre, enfin, les bouchées doubles. Il se demanda pourquoi cette jeune femme si cultivée et à l'existence si bien remplie prenait autant de soin à sa culture. Il soupçonna, un court instant, qu'elle pût être intéressée par sa personne. Il était jeune, plein d'ardeur, pas sot, pétillant d'humour alors... pourquoi pas. Mais il retrouvait vite sa raison quand il considérait l'océan d'expériences et de connaissances qui les séparait. Luce, de surcroît, n'avait jamais un mot ou une attitude de nature à semer le doute sur ses intentions.

Les jours passaient vite. Trop vite. On allait bientôt terminer le reportage. Jean-René commença à sécher quelques cours pour multiplier les entretiens avec la jolie journaliste. Du côté de la famille Malési, on en prit ombrage. Voilà que l'inconditionnel des parties de football désertait les terrains et en oubliait l'heure des repas du midi ou même ceux du soir. Et pourquoi tous ces bouleversements ? Pour accompagner une « métro » dans ses pérégrinations en terre réunionnaise. Qu'y avait-il entre eux ? Que pouvait-elle bien trouver à l'aîné de la famille pour ne plus se séparer de lui ? Monmon pensa qu'il y avait là-dessous une affaire de cœur ou peut-être même d'alcôve.

Le fils, qui préférait la vertu de franchise à la dissimulation, jurait qu'il n'en était rien et que Luce Cortanze l'avait pris en amitié. Il l'aidait simplement à pénétrer l'âme de la jeunesse de l'île. En contrepartie, elle faisait son éducation. C'était donc un échange de bons procédés où chacun trouvait son compte. En affirmant cela, Jean-René ne mentait pas mais il n'allait pas au bout de son ressenti et de ses réflexions plus personnelles. Il essayait de s'en garder mais il avait en tête des idées moins chastes. Luce représentait désormais son idéal féminin.

Pour la première fois de sa vie, il admit qu'il était complètement entiché de cette femme de seize ans plus âgée que lui.

Le père Malési demeurait plus perplexe. Cette Parisienne dont on parlait beaucoup n'avait qu'un but : mettre son fils dans son lit. Faut pas raconter d'histoires ! Un jeune homme en pleine force de l'âge et débordant d'hormones pouvait devenir la providence d'une femme éloignée de sa ville de Paris, un peu perdue dans cette île inconnue, seule dans sa chambre d'hôtel malgré la présence de ses techniciens avec lesquels désormais elle ne partageait que le petit déjeuner.

Le garagiste attendait avec impatience le départ de l'équipe de tournage. Et celui-ci approchait. Le vol de retour en métropole était prévu le lendemain en début de soirée, pour une arrivée à Paris vers sept heures du matin après plus de quinze heures de trajet.

Luce proposa à Jean-René de la rejoindre la veille pour un dîner d'adieu. Le jeune homme en avait gros sur la patate de devoir mettre un terme à cette période d'euphorie et aux conversations tellement passionnantes.

Ils se retrouvèrent dans un petit restaurant pour déguster un cabri massalé. Luce semblait plus tendue que d'habitude. Jean-René était partagé, traversé de sentiments contradictoires : plaisir du moment et tristesse du lendemain. Exceptionnellement, Luce commanda une demi-bouteille de côtes-du-rhône. Alors qu'ils avalaient un gâteau *ti son* à la confiture de papaye, Luce s'anima et se mit à taquiner son invité. Ils finirent par rire de plaisanteries peu recherchées et même pour certaines d'entre elles un peu simplistes. Jean-René fut surpris puis, encouragé par les rires de Luce, il ajouta quelques bonnes histoires du cru réunionnais.

Juste avant de quitter le petit restaurant créole, la jeune femme, d'un ton enjoué, déclara au jeune homme :

— Bon, c'est notre dernière soirée. Si tu n'es pas lassé de moi, je t'offre un verre à mon hôtel.

— Un verre sûrement, avec plaisir, même plusieurs !

Au lieu de s'installer au bar de l'hôtel, Luce prit l'ascenseur pour gagner sa chambre. À peine entrée, d'un mouvement sec des pieds, elle fit valser ses chaussures. Elle se dirigea vers le téléphone, prit l'appareil tout en demandant à Jean-René ce qu'il souhaitait boire :

— Je... je ne sais pas.

— Bon, faut se décider. Allô, la réception ? Oui, chambre 28, pouvez-vous faire monter deux ti-punchs bien tassés ? Très bien, Merci.

Le jeune Réunionnais n'avait bu un ti-punch que pour son anniversaire, à dix-huit ans. En dehors de cela, une petite bière avec les copains après le foot.

Quand ils eurent leur verre en main, Luce Cortanze s'approcha du jeune homme :

— C'est notre dernier soir, alors c'est la fête, à ta santé !

— À votre santé, Luce.

Luce avala la moitié du verre et invita son hôte à faire de même.

Ils reposèrent leurs verres. Luce s'affala alors sur le lit et lança :

— Ne reste pas dans ton coin. Viens à côté de moi. On va parler.

Bien qu'il fût surpris par l'invitation, il ne se fit pas prier.

En fait de discours, ce fut un film muet qui débuta. La suite fit à Jean-René l'effet d'un film que l'on passerait en accéléré : la jeune femme qui se tasse vers lui, le baiser intense et plein de fougue qui suit, les premiers vêtements qu'on envoie valser au pied du lit, puis le sprint échevelé pour faire voler les derniers, les plus intimes. Il n'y eut ni préliminaires, ni faux-semblants, on alla vite à l'essentiel.

La jeune femme avait pris les choses en main et entendait mettre un terme à trois semaines de chasteté forcée. Cette relation fut surprenante et pour elle et pour lui.

Malgré tous ses efforts, Jean-René fut incapable de se contrôler. Luce fut surprise de la rapidité de l'étreinte. D'abord déçue, elle réalisa quelques minutes après que si ce jeune homme relevait de la catégorie sprinter comme tous les garçons de son âge, ses forces se reconstituaient à une vitesse surprenante. Il se mua en marathonien capable d'enchaîner les étreintes.

À trois heures du matin, ils avaient déjà renouvelé cinq fois leurs exploits. Luce ressentit sa plus grande jouissance lors de la troisième édition. Entre chaque étreinte, on reprenait la conversation tout en ayant recours à de longues séances de caresses. Luce s'était rendu compte que son beau partenaire n'avait aucune expérience en matière de sexe. Elle se montra pédagogue, patiente et enseigna les rudiments des gestes qui rendent les femmes plus réceptives.

La nuit passa trop vite. Ils dormirent quatre ou cinq heures. Le bruit extérieur les réveilla. Luce se mit à caresser Jean-René en usant de gestes totalement déloyaux. Ce fut la septième fois qu'ils firent l'amour. Mais à peine eut-elle émis un petit cri de jouissance qu'elle sauta du lit et fila vers la douche. Jean-René comprit qu'il lui fallait atterrir en douceur et prendre conscience que la fête était terminée. Il songeait à l'explication qu'il devrait donner à Papa Malési pour justifier qu'il avait découché.

Avant de quitter la chambre, il fit comprendre, très maladroitement, qu'il était amoureux. Luce lui mit un doigt sur la bouche :

— Arrête, tu vas tout gâcher.

— Mais... on se reverra ?

— Qui sait...

Le jeune homme venait de connaître sa première expérience sexuelle, sa première passion amoureuse et son premier chagrin car la femme de sa vie repartait le soir même pour Paris.

- 5 -

— Si tu n'es pas fichu de respecter un minimum de règles de vie familiale, tu prends ton baluchon et tu quittes cette maison.

— Mais, papa, je ne suis plus un gamin ! Je peux avoir ma vie, non ?

— Cela ne t'empêche pas de nous respecter. Tu ne nous as pas prévenus. En plus, on ne savait pas où tu étais !

— J'étais avec Luce Cortanze, la journaliste.

— Je m'en serais douté ! Et tu as... vous avez, enfin elle a profité de toi, c'est bien cela ?

— Non, on s'aime ...

— Ah, ça, c'est la meilleure ! Cette femme s'est foutue de toi ! Je vais déposer plainte pour détournement de mineur !

— Mais non, papa, tu n'en feras rien.

— Comment cela ?

— Parce que tu as peur du scandale et puis ce n'est pas l'habitude de la famille d'aller se plaindre aux autorités...

— Quand repart-elle ?

— Ce soir.

— Bon alors, en effet, l'affaire est réglée.

Les voies du Seigneur sont impénétrables.

Alors que Jean-René se morfondait dans sa chambre après une journée de tristesse, une voix venant de la radio l'alerta soudain. Il tendit l'oreille : « *... cette grève surprise a plongé les passagers dans le désarroi le plus total car aucun préavis n'a été donné et la durée pour ce mouvement du personnel au sol de l'aéroport n'a pas été indiquée. Aucun avion ne peut donc décoller de l'aéroport Gillot. Seuls les avions à l'arrivée sont autorisés à se poser ce jour et demain matin. Mais après, aucun avion ne pourra arriver ou partir...* »

Jean-René bondit de son lit : si c'était bien cela, Luce n'avait pas pu repartir ! Il lui fallait savoir. Il sauta sur sa mobylette et gagna l'hôtel où la jeune femme était descendue. Il était dix heures du soir... il s'engouffra dans le hall et gagna le comptoir de la réception :

— Luce Cortanze est-elle revenue ?

— Parfaitement, monsieur. Son avion a été annulé.

— Génial ! Je veux dire quel contretemps fâcheux... Merci. Quelle chambre a-t-elle ?

— Je n'ai pas le droit de...

— Bon on a du lui redonner la même, la 28. Deuxième gauche merci, je connais le chemin.

Jean-René Malési gravit les escaliers tel un sportif de haut niveau. Il longea le couloir : 22, 23... Ah, la 28, enfin ! Il frappa à la porte. Celle-ci s'entrouvrit autant que l'entrebâilleur le permettait.

— Ah, c'est toi... Entre.

Luce était sur le point de se mettre sous la couette. Elle était en petite tenue.

— J'allais me coucher, je n'ai pas dormi beaucoup cette nuit...

— Moi non plus.

— Tu as donc appris pour l'avion...

— Oui, j'ai entendu à la radio.

— Le pire c'est que l'on n'a aucune idée de la durée de cette grève.

— C'est plutôt une bonne nouvelle.

— Si on veut, j'ai des obligations à Paris.

— Peut-être, mais on va pouvoir passer encore un peu de temps ensemble. Un bienfait de la Providence.

— Je te dis que cela ne m'arrange pas.

— Tu ne m'as jamais dit si tu étais mariée.

— Non, mais c'est tout comme.

— C'est-à-dire ?

— On parlera de cela demain. Je suis crevée, je vais dormir.

— Je peux rester, je serai... sage.

— Comme tu voudras, mais de grâce, laisse-moi me reposer.

— Il est préférable à la réflexion que je rentre chez moi, je passerai demain matin, disons vers dix heures, cela te va ?

— C'est parfait.

— Je t'emmènerai découvrir quelque chose que tu n'as pas vu.

— Quoi donc ?

— C'est une surprise.

— D'accord, à demain.

Le jeune homme ne trouva pas le sommeil, déçu de savoir qu'il avait un rival, et excité à l'idée d'une prolongation de son idylle. Il finit par fermer les yeux, juste après avoir entendu le carillon sonner les deux heures du matin. Il avait tant payé de sa personne la nuit précédente qu'il ouvrit les yeux alors que le soleil inondait sa chambre. Il jeta un œil à sa montre. Il fut terrifié quand il lut qu'il était dix heures trente. Malgré tous ses efforts, il n'arriva au *Splendid Hôtel* qu'à onze heures passées. Il courut jusqu'à la chambre 28. Il frappa. Personne ne répondit.

Il s'en voulut de sa bévue. Luce avait quitté sa chambre. Où était-elle allée ? Il hésitait sur la conduite à tenir.

Il songea qu'il suffisait d'interroger la réception, on saurait peut-être quand elle était partie et si elle avait laissé un message.

Il allait redescendre quand la porte de la chambre s'entrouvrit. Il aperçut Luce, à moitié nue, qui se frottait les yeux.

— Il est déjà dix heures ?

— Non, onze heures vingt.

— Entre.

— Je suis désolé. Je ne me suis pas réveillé.

— Comme cela, on a récupéré.

— Viens, on n'a rien à faire, sauf traîner au lit.

Luce Cortanze se replongea sous le drap. Jean-René ne savait quelle attitude adopter. C'est encore elle qui le tira d'affaire :

— Allez, secoue-toi, viens me rejoindre... Non, déshabille-toi d'abord.

Le jeune homme se tassa contre le corps de la femme. Au contact de sa peau nue, il éprouva une violente bouffée de désir. Elle le sentit, évidemment.

— Bon, tu en as encore envie, moi aussi. Mais cette fois, on prend son temps. Je vais te servir de professeur, tu veux bien ?

— Ben… oui.

Ce fut un cours, avec travaux pratiques, qui laissa le garçon pantois. La jeune femme n'avait aucune pudeur pour expliquer et montrer ce qu'elle attendait d'un amant.

Autant la nuit précédente, on avait agi dans la précipitation et l'urgence, autant cette fois on eut droit à une étreinte prolongée et pleine de douceur. Le côté pédagogie, un peu vexant pour le jeune homme, fut compensé par des instants de pure tendresse. Enfin, se dit-il !

Cette nouvelle étape se prolongea. En tant que grand amateur de football, Jean-René se dit qu'on allait probablement jouer les prolongations… il ne s'était pas trompé. Le comportement de la jeune femme acheva de convaincre Jean-René Malési qu'il avait trouvé la femme de sa vie. Certes, elle ne lui avait pas dit qu'elle l'aimait. Mais enfin, ses caresses, ses lueurs dans les yeux, ses abandons, sa fougue amoureuse, tout cela valait bien les grandes tirades ou les aveux feutrés… Et quand il lui avait déclaré son amour, elle l'avait serré un peu plus fort contre elle. Bien sûr, il y aurait des lendemains difficiles puisqu'elle repartirait à Paris, mais le pacte était scellé, on verrait bien comment on pouvait écrire l'avenir… Et puis la Providence, de préférence divine, viendra donner un coup de pouce. Sinon, à quoi servent toutes ces dévotions ?

En attendant, il voulait l'éblouir façon romantique si possible. Il l'emmena à la cascade de Salazie. Ils laissèrent la voiture, puis empruntèrent le sentier, traversèrent le Bras de Caverne et après une bonne heure de marche arrivèrent enfin au bassin où bouillonnent les eaux de la ravine Blanche après un saut de plus de six cents mètres. Le spectacle laissa la journaliste pantoise. Une vision féérique s'offrait à elle. Elle saisit le bras de Jean-René et le serra fort.

— Et dire que j'ai failli manquer cela ! Pourquoi ne m'en as-tu pas parlé plus tôt ?

— Je n'étais pas prêt à te raconter la légende de cet endroit et pourquoi on l'appelle « le Voile de la Mariée ».

— Alors, aujourd'hui tu vas me la raconter ?

— Si tu veux.

Le jeune homme se lança dans l'histoire de cet homme riche qui avait une fille d'une très grande beauté. Il refusait toutes les demandes en mariage des prétendants. Un jour, il embaucha un jardinier. Les deux jeunes gens tombèrent amoureux. Bien entendu, le père ne voulut rien entendre à ce mariage contre nature.

Mais le couple s'enfuit et se maria malgré l'opposition paternelle. Furieux, le père irascible voulut tuer ce gendre inacceptable. Les jeunes mariés durent s'enfuir. Ils se retrouvèrent au piton Bonnet d'où se jette la cascade. La jeune femme fit un faux pas et tomba. Son voile de mariée resta accroché à des rochers en surplomb. On donna à la cascade le nom de « Voile de la Mariée ».

– C'est une triste histoire, commenta Luce Cortanze, le mariage est une chose dangereuse.

– Ce n'est pas le mariage qui est dangereux, ni le fait de braver l'interdiction paternelle. C'est l'effet de la maladresse. C'est tout.

– Oui, sans doute, mais c'est moins romantique.

Ils restèrent là, assis à même le sol, à regarder les multiples chutes qui parfois se mêlaient pour se rejoindre devant eux. Luce s'allongea et posa sa tête sur la cuisse de Jean-René. Il en profita pour lui caresser le visage. Elle demeurait immobile face au spectacle grandiose qu'elle avait devant les yeux. Et lui goûtait ces instants magiques. Il voulut l'embrasser, elle se déroba :

– Profitons de ce paysage de rêve, pour le reste on verra plus tard, un empêchement majeur est venu tout contrarier...

— Quoi donc ?

— Un souci propre aux femmes et qui se répète tous les mois.

— Ah oui, je crois deviner.

Le souci était bien au rendez-vous. Du coup, Luce annula la soirée :

— Tu comprends, ce n'est pas idéal, et nous n'aurions que des frustrations.

— On peut passer du temps ensemble, il n'y a pas que le sexe... La tendresse, ça compte aussi...

— Certes, tu as raison, mais moi je me connais, je préfère éviter ce genre de situation.

Se rendant compte que son jeune partenaire était décontenancé par son attitude, elle se ravisa :

— Si tu veux, on peut dîner ensemble. Je te parlerai d'Albert Camus et de Louis-Ferdinand Céline, un auteur difficile, mais peut-être le plus grand du siècle. Mais après, tu rentres sagement chez toi, d'accord ?

— D'accord, je repasse chez moi pour dire qu'on mange ensemble, sinon le père va nous poursuivre jusqu'au piton Bonnet !

Jean-René était désappointé. Il avait compris que Luce appréciait leurs galipettes et ce rôle de jeune étalon le décevait même s'il en retirait des bienfaits incommensurables. Sans doute Luce, se disait-il, en partie pour se rassurer, était une femme pudique que les mots d'amour paniquent...

La soirée « littéraire » ne fit que confirmer son hypothèse. Luce parla de Céline avec brio et passion. Il se jura de lire *Voyage au bout de la nuit* dès qu'elle serait rentrée à Paris. Il ne comprit pas tout, surtout cette histoire de langage parlé qui n'en était pas un puisqu'éminemment travaillé. Mais le fait qu'elle prît tout ce temps pour sa culture ne fit que renforcer le conte de fées qu'il bâtissait au fil des jours.

- 6 -

Les bonnes choses ont toujours une fin, les grèves aussi. Ce qui réjouit les uns attriste les autres. L'avion disparut dans une chevelure nuageuse mal peignée. Avec lui, se perdirent les rêves impossibles de Jean-René Malési. Il ne restait plus que la douleur, un estomac serré, des yeux prêts à déborder.

Luce n'avait pas voulu qu'il l'accompagne à l'aéroport : « Tu comprends, vis-à-vis de mon équipe... ». Non, il ne comprenait pas.

Leur dernière soirée avait marqué une étape de leur relation. Il était resté avec la jeune femme à l'hôtel. Elle avait trouvé des subterfuges pour calmer leurs pulsions réciproques. Le lendemain matin, alors qu'il dormait encore, Luce s'était levée et avait commencé à faire ses bagages. Quand il ouvrit les yeux, ce fut pour assister à ce spectacle désolant de vêtements entassés dans des valises. La tristesse s'abattit sur lui. Son regard s'embua.

Il fila sous la douche. Il ressentit un petit mieux. Le garçon d'étage apporta le petit déjeuner. Il ne put avaler les viennoiseries. Luce ne semblait pas perturbée par la perspective de la prochaine séparation. Il en fut attristé.

Tout alla très vite. Alors qu'elle achevait son café, elle finit par dire :

— Et voilà, mon petit Jean-René, notre conte de fées s'achève. Nous avons passé des moments merveilleux.

— On se retrouvera, promets-le-moi !

— Qui sait de quoi sera fait l'avenir...

— Tu m'écriras, au moins ?

— Bien sûr.

— Je t'accompagne à l'aéroport ?

— Non, je n'aime pas les adieux en public.

— Alors... on se quitte là... maintenant ?

— Oui, là, maintenant.

Il ne put retenir ses larmes. Il se jeta dans les bras de Luce qui lui caressa doucement la chevelure et le maintint quelques instants serré contre elle.

— Allons, finit-elle par dire en s'écartant, mon équipe m'attend dans le hall. Sois gentil, attends quelques minutes avant de descendre à la réception.

Ce furent ses derniers mots.

Il tint à regarder l'avion de Paris s'élever dans le ciel. Le Super Constellation disparut bien vite à l'horizon. Cette fois, c'était bien fini. Il restait là avec son chagrin, ses souvenirs, ses espoirs déçus. La vie reprendrait son cours, une existence sans saveur, vide de tout, vide surtout d'elle, la femme de sa vie. Il lui faudrait reprendre le chemin du lycée, affronter les sarcasmes, les questions oiseuses ou indiscrètes.

Jean-René Malési ne manquait pas de force de caractère. Après une période bien compréhensive de profond désespoir, il décida de faire front. Il refit son apparition dans la ville, sur les terrains de foot et dans la cour du lycée. Oui, répondait-il fièrement, j'ai été l'amant de cette belle femme de trente-quatre ans, oui j'ai passé des moments inoubliables et des nuits folles.

— Tu la ramènes encore, Malé, tu te vantes...

— Je ne me vante pas, et tant pis pour vous, bande de puceaux jaloux. Je vais quitter cette île pour la retrouver, ça vous en bouche un coin !

Cette idée de retrouver Luce s'était imposée dans sa petite tête fragilisée. Bien sûr qu'ils se retrouveraient, la Providence y veillerait, sinon à quoi bon toutes ces dévotions... Elle était intervenue une première fois, elle récidiverait, c'était certain.

En attendant les retrouvailles, il fallait se préparer. Le bac n'était pas sa préoccupation. Il lui fallait pouvoir démontrer à Luce ses progrès dans les domaines qu'elle affectionnait : la littérature et la peinture.

Le fils Malési, le soir, dans son lit dévorait tous les livres dont Luce lui avait parlé : *L'Éducation sentimentale* de Flaubert, *Crime et Châtiment* de Dostoïevski, *La Peste* d'Albert Camus, *les Mots* de Sartre paru à la fin de l'année précédente... Puis il s'attaqua à *Voyage au bout de la nuit*. Ce fut une terrible épreuve. Tout le désarçonnait dans ce roman : le style, le vocabulaire, ce langage de la rue, parfois ordurier, souvent incompréhensible, l'intrigue qu'il ne comprenait pas vraiment et qui de toute manière n'existait pas. Luce l'avait pourtant prévenu : c'est comme du langage parlé mais c'est plus que cela. « Vois-tu, Jean-René, je te le répète, ce langage qui semble sortir de ruelles des banlieues populaires est en fait travaillé à l'extrême. Tout cela au service de l'émotion, car il n'y a que cela qui compte pour Céline : l'émotion. Céline, c'est un impressionniste, et sa lecture se mérite ».

Il avait eu beau s'accrocher, il renonça et se lança dans *Guerre et paix*. Là, au moins, on avait envie de tourner les pages.

La littérature n'occupait pas tous ses temps libres. Il survolait ses manuels scolaires, mais sans trop s'y plonger. Une nouvelle passion monopolisait son énergie : la collection de cartes postales représentant des tableaux des grandes figures de la peinture. Certaines étaient offertes aux élèves méritants pour sanctionner leurs performances de la semaine. Comme les siennes étaient des plus modestes, il devait négocier avec les bons éléments. Il entassait dans une grande boîte à biscuits les reproductions. La première fut une œuvre de Brueghel *The return of the herd.* La seconde, obtenue contre une cigarette dérobée à son père, lui valut une reproduction de *l'Annonciation* de Fra Angelico. En troquant des pièces usagées de voiture, il remplit à moitié sa boîte. Il fit ainsi la connaissance de Dufy, de Rouault, de Buffet, d'Utrillo. Puis, contre un pot d'échappement de deux-roues d'occasion, il obtint quatre reproductions qui le fascinèrent : *La Danse à Bougival* de Renoir, *Les Coquelicots* de Claude Monet, *La Orana Maria* de Gauguin et *Weeping woman* de Picasso.

Au fil des semaines et des trocs, la boîte se remplissait. Le soir, avant de s'endormir, il reprenait une à une les petites reproductions.

L'art le rapprochait de Luce et, le moment venu, il aurait des tas de choses à lui conter.

Il aurait aimé lui écrire mais il n'osait pas. Il ne savait pas de quoi il pouvait lui parler en dehors de sa passion. Mais comment le dire sans être ridicule... il espérait de son côté recevoir une lettre, mais les semaines puis les mois passèrent sans la moindre missive ni le plus laconique télégramme. L'avait-elle oublié ?

Cette incertitude devenait insupportable.

Il mit à profit ce temps imposé pour redoubler d'ardeur dans la lecture et la connaissance des peintres. Il emprunta des livres, il en acheta d'occasion beaucoup d'autres. Il put passer de la Renaissance au baroque puis l'impressionnisme baigna ses longues soirées ou ses après-midis du dimanche. Il fit la moue en découvrant le cubisme mais retrouva des couleurs avec le fauvisme. Il échangea un livre sur l'École de Barbizon contre son vieux ballon de football. (On lui en avait offert un tout neuf lors du tournoi du quartier remporté par sa petite bande.)

Son père s'énervait de voir son fils en délicatesse avec le lycée :

— T'as pas fini de bacher[9] !

— Ne t'en fais pas, papa, je l'aurai un jour, ce bac.

---

[9] Sécher les cours

— Tu vas encore redoubler !

— Vois-tu, j'aime tant l'école que je prends mon temps...

— À part tes qualités de bâton de poulailler[10], tu n'es pas bon à grand-chose !

— Fais-moi confiance, je réussirai.

— Dieu t'entende.

Jean-René ne perdait pas son temps. Il préparait tout simplement le moment où il retrouverait Luce. Elle reviendrait sur l'île, c'était écrit. Alors il lui ferait découvrir tout ce qu'il avait omis de lui montrer lors de son passage. Il lui fallait se livrer à des reconnaissances. Il sillonna l'île en tous sens, imagina les endroits où le couple s'assoirait face au paysage, répéta les commentaires qu'il ne manquerait pas de faire.

À la cascade de Langevin, il lui vint cette merveilleuse idée. Voilà ce qu'il dirait : « ces fanjans, ces fougères-fées, ces goyaviers, ces draperies de verdure, ce voile d'eau qui semble figé, voilà un lieu qu'aurait dû peindre Gauguin... ». Il nota sur son calepin ce qui lui sembla être une riche idée.

Le temps passait et Paris gardait le silence. Au mois de juin, il reçut une carte postale :

---

[10] Coureur de jupon

Mon cher Jean-René,

Je n'ai guère eu le temps depuis mon retour de te remercier pour tout ce que tu as fait pour moi durant mon séjour. Je le fais maintenant. J'espère que tu vas bien. Bises à toi.

Luce

Il eût préféré ne rien recevoir plutôt qu'une carte postale aussi impersonnelle. Pas un mot gentil à défaut de déclaration sentimentale. Il décida de ne pas répondre. Que pourrait-il dire ? Malgré sa désillusion, il conservait l'espoir. S'ils se revoyaient, rien ne pourrait les empêcher de reprendre le fil de leur romance. Pour cela, il fallait qu'elle revienne à La Réunion ou qu'il aille à Paris. Jamais il ne réunirait le dixième du prix d'un billet d'avion. Sans compter qu'on ne part pas à l'aventure sans assurer ses arrières. C'était donc mission impossible....

La Providence si chère à Jean-René viendrait-elle une fois de plus à son secours ? Elle peut prendre de multiples identités et user de nombreux subterfuges. Certains l'appelleront hasard.

C'est le même phénomène, mais observé par des yeux différents. Une affaire de croyance.

Ce fut bien la Providence qui vint au secours de Malési, pas le hasard.

- 7 -

Le général de Gaulle avait pris sa décision. Il mettait fin aux fonctions de Premier ministre de Michel Debré en avril 1962 et nommait Georges Pompidou pour lui succéder. En novembre de la même année, les élections législatives furent organisées. L'ancien premier ministre se présenta en Indre-et-Loire, il fut battu au second tour. Au mois de janvier de l'année suivante, Debré demanda à rencontrer le président de Gaulle. Celui-ci accorda bien volontiers cet entretien à son ancien Premier ministre :

— Alors, Debré, vous avez échoué aux législatives en Indre-et-Loire ! Qu'allez-vous faire ?

— Me représenter.

— Comment cela ?

— Le député élu à La Réunion vient de se faire invalider. Je vais me porter candidat.

—La Réunion ? Diantre, je n'y aurais pas pensé. Vous allez croiser le fer avec Vergès qui vient de créer le Parti communiste réunionnais.

Les rad-socs [11] sont toutefois les plus menaçants, électoralement parlant, voyez cela avec Marcellin et Foccart, ce sont de bons spécialistes, mais cela, vous le savez.

— Je crois que j'ai une bonne chance d'être élu. À La Réunion, on vote traditionnellement à droite. J'ai un programme et je souhaitais vous en parler. Il dépasse le cadre de La Réunion et s'adresse à tous nos DOM-TOM.

— Je vous écoute.

— Le chômage atteint dans ces territoires des records. C'est un terreau pour les partisans de l'indépendance. J'ai donc imaginé un programme basé sur la formation et l'émigration. En métropole, on manque de bras. Je propose donc de faire venir massivement les jeunes des DOM-TOM. Cela apaisera les tensions locales et fournira la main-d'œuvre dont nous manquons cruellement.

— Ce sont pour l'essentiel des candidats aux emplois subalternes dont nous manquons...

— Je sais, mais un programme de formation pour certains d'entre eux rendra l'initiative plus attractive.

— Si je comprends bien, vous avez déjà bien réfléchi à votre affaire.

---

[11] Radicaux-Socialistes

— Oui, mon Général, je vais donc créer, si je suis élu député, un organisme qu'on appellera le Bumidom[12]. Il organisera les conditions d'émigration, principalement de jeunes Antillais ou Réunionnais vers la métropole.

— Voyez tout cela avec les ministres concernés, notamment Jacquinot ministre des DOM-TOM et Giscard aux Finances. Vous avez mes encouragements. Commencez toutefois par vous faire élire...

Michel Debré gagna l'élection partielle de La Réunion pour remplacer le député invalidé, Gabriel Macé, en mai 1963. Il recueillit plus de quatre-vingts pour cent des suffrages. Dans la foulée de son élection, il mit en place son plan.

L'ORTF relaya l'information et les journaux publièrent des pages entières sur ces nouvelles opportunités. Malgré l'opposition des communistes qui assimilèrent l'initiative à du néo-esclavagisme, la population fut majoritairement favorable à ce plan de lutte contre le chômage.

Vergès se démena pour mettre en garde les jeunes contre ce mirage. Sur tous les murs, on voyait des slogans peints en rouge :

---

[12] Bumidon : bureau pour le développement des migrations, organisme public créé par Michel Debré alors député de La Réunion. Il sera dissous en 1981.

« N'abandonne pas ton île... » « Partir, c'est renoncer » « Non au nouvel esclavage ».

La chute des cours des produits agricoles et les fermetures de manufactures conduisirent des dizaines de milliers de Réunionnais à tenter leur chance en métropole. Pour être prioritaire, il fallait s'engager à suivre une formation ou accepter un emploi dans les Travaux publics. Les lycéens et notamment les bacheliers étaient a priori exclus du système. On avait besoin de bras, pas de cerveaux !

Les premiers bénéficiaires furent pourtant déçus à leur arrivée. On ne leur proposa que des emplois subalternes, notamment dans le secteur du BTP. On offrit à certains des formations totalement inadaptées à un éventuel retour au pays natal. Ainsi forma-t-on des chauffagistes, un passeport pour le chômage longue durée ! Quelques-uns réussirent cependant à rejoindre la fonction publique en tant que postiers, infirmiers, cheminots... Ce n'était pas l'Eldorado promis, même si ce n'était pas l'esclavage dans les champs de coton de Virginie ou de Louisiane...

Jean-René Malési s'intéressa à l'initiative de Michel Debré. Il voulait savoir quelles étaient les conditions requises pour bénéficier de l'envoi en métropole. Le déclic survint quand il apprit que l'on payait le billet d'avion pour Paris ! Cela changeait tout. Restait à connaître les conditions exigées pour postuler au voyage !

D'autres eussent renoncé. Pas Malési. Il prit rendez-vous avec le représentant du Bumidom de La Réunion. Il lui fallut une heure pour argumenter, inventer des motivations, déjouer les pièges de son interlocuteur. Mais, voyons, Monsieur, oui, les études ce n'est pas pour moi. Jamais je ne décrocherai le premier bac, a fortiori le second !

Ce qu'il voulait, c'était se lancer dans la mécanique, réparer les engins comme les pelles Poclain, il s'y connaissait un peu, pensez donc avec un père garagiste, la mécanique, c'est une vocation familiale...

— Et vos deux bacs ?

— Puisque je vous dis que ce n'est pas fait pour moi ! Je suis un élève plus que médiocre. Je suis fait pour le travail manuel, pas pour les études. Mon seul espoir : les engins de chantier.

— Il est vrai que c'est une spécialité dont la métropole a besoin...

Jean-René avait suffisamment entendu de termes techniques au garage paternel pour noyer son interlocuteur sous un flot de détails :

soupapes, embrayages, culasses, leviers de vitesse, bras hydrauliques. Le fonctionnaire ne connaissait rien à la mécanique, ce qui facilita la tâche du candidat à l'exil. L'affaire fut entendue et Jean-René inscrit sur la liste des départs du mois d'octobre.

L'aîné des Malési fut pris d'une euphorie dévastatrice. Le lycée cessa de l'intéresser. Seule comptait la préparation de ses retrouvailles avec Luce. Il redoubla d'efforts pour la lecture des romans, ajoutant Giono, Pérec et surtout Gary.

La Promesse de l'Aube, sorti en 1960, fut une révélation. Dans la foulée, il se lança dans *Lady L.* Il avait trouvé son auteur de référence et se prépara à de longs exposés pour en vanter les mérites à la femme de sa vie.

Le plus dur restait à faire : expliquer à papa et monmon qu'il allait quitter le foyer familial et tenter sa chance en métropole. Les parents pouvaient s'y opposer en refusant la signature des documents. Il était encore loin de ses vingt-et-un ans et donc de la majorité. Il repoussa la discussion, et ce n'est que huit jours avant la date du départ qu'il se décida à aborder le sujet.

Il dut argumenter, ruser, promettre, menacer, jurer que seul son avenir motivait son désir de partir... Luce de Cortanze n'était pour rien dans cette décision. On ne pouvait pas le priver de cette chance inespérée. Michel Debré était à l'origine du projet et il avait rencontré son bras droit ou... presque. Il réussirait en métropole, il en était certain, la Providence lui viendrait en aide et puis quelques prières de monmon feraient le reste. L'offensive dura trois jours. Les parents finirent par être ébranlés devant tant de détermination. Leur aîné s'avérait un avocat redoutable pour plaider sa cause et son enthousiasme finit par être communicatif.

La bénédiction lui fut enfin accordée et les parents signèrent les papiers.

Ses camarades de classe ne comprirent pas cette décision :

— Tu n'as rien pigé, Malé, c'est une arnaque, cette histoire. Tu vas te retrouver comme galérien sur un chantier...

— J'ai mon plan. Si je rejoins la métropole c'est pour faire fortune, pas pour être un larbin ! Mais oui, il n'y a qu'à se baisser à Paris pour ramasser l'argent à pleines pelles !

— Qu'est-ce que tu as signé comme formation ?

— Chauffagiste.

— Sûr qu'avec ça, tu vas faire un malheur ici à ton retour !

— Je n'ai pas l'intention de suivre la formation.

— Tu espères plutôt retrouver ta tantine[13] accueillante ? Pour un peu elle aurait pu être ta mère... Elle est déjà bien amortie...

— Je te souhaite d'en avoir une comme ça dans ton lit mais il te faudrait te remodeler des pieds à la tête !

— Si ça se trouve, tu racontes des craques... Tu te vantes, une fois de plus !

— Et ça, c'est quoi ? Tu sais lire : Air France, billet Saint-Denis-Orly.

Jean-René avait tiré de sa poche le billet remis par le Bumidom. Il ne s'en départait pas. Rien ne l'empêcherait d'embarquer le moment venu. La perspective d'un premier voyage en avion ne l'effrayait pas. Juste une toute petite appréhension. Il était prêt à bien d'autres défis et à affronter d'autres risques pour retrouver Luce.

Plus le jour du départ se rapprochait, moins Jean-René Malési trouvait le sommeil. Il bâtissait des scénarii de retrouvailles ébouriffantes. Il se répétait la même scène trois fois, dix fois, modifiant une phrase et même parfois un seul mot. Il fermait les yeux et repartait dans ses chimères. Puis il reprenait, une fois encore, ses premières phrases, imaginait celles de Luce.

---

[13] Fille, petite amie

Il aimait aussi la variante : peut-être les mots seraient-ils remplacés par une étreinte prolongée ou bien par un baiser interminable...

- 8 -

Le voyage s'était déroulé sans problème. Même pas un cumulonimbus pour susciter l'appréhension. Un calme plat. Juste une petite turbulence au-dessus du Kenya. Pour un premier vol, Malési avait eu de la chance...

Orly, enfin... Le jeune Réunionnais gagna le point de chute que le Bumidom lui avait indiqué. Il fallait bien récupérer de ce vol quelque part. Dès le lendemain, il irait tintinnabuler à la porte de Luce. Il ne tenait plus en place, mais devait se remettre en ordre de marche et réparer les stigmates d'un si long voyage.

On se souvient souvent de son premier vol. Jean-René ne pouvait l'oublier. C'était celui d'un nouveau départ, de la marche vers la gloire et la fortune (il en demeurait persuadé) et surtout celui qui lui permettrait de retrouver l'être cher, la femme qui habillait ses rêves et perfusait ses espoirs. La Providence avait déjà joué un rôle déterminant, elle allait bien donner le petit coup de pouce final...

De cet aspect de son voyage, il n'en avait soufflé mot à ses parents. Il n'avait formulé qu'une seule version : il allait à Paris pour apprendre un métier, saisir les opportunités et si possible faire fortune. C'était sa conquête de l'Ouest, sa ruée vers l'or. Sauf qu'en réalité, son filon se résumait à Luce Cortanze !

Quand il se présenta au 9 de la rue Antoine-Bourdelle, les battements de son cœur s'accélérèrent comme après une course folle sur un terrain de football. Il attendit avant de pousser la porte d'entrée. Quand il eut recouvré un semblant de calme, il pénétra dans le hall et parcourut les noms sur les boîtes aux lettres. « Luce Cortanze, Gérard Normandin 3e étage».

Le nom de ce Normandin lui parut incongru. Était-ce la personne à laquelle Luce avait fait allusion ? Cela ne le découragea pas. Il gravit une à une les marches pour se retrouver sur un palier sur lequel donnaient deux portes. À droite, une carte indiquait *Faurissier*. À gauche, on pouvait lire *Cortanze-Normandin*. Il sonna. Sans réponse, il appuya à nouveau. La nouvelle tentative fut elle aussi infructueuse. Après une dizaine d'essais, il dut admettre qu'il n'y avait personne.

Redescendu dans la rue, il hésita sur la conduite à tenir. Il se décida à abandonner les lieux et à retourner au centre d'accueil des jeunes émigrants, se promettant de revenir en fin de journée.

L'excitation était bien trop forte pour patienter. La distance à parcourir entre la rue Antoine-Bourdelle et la rue Saint-Maur l'occupa une grande partie de la matinée. Il ignorait alors le mode d'emploi du métro. Il ne put s'empêcher d'entrer dans Notre-Dame qui se trouvait sur sa route. L'architecture majestueuse le médusa. Il n'avait jamais vu de cathédrale, et celle de Paris lui fit oublier un moment Luce Cortanze. Il avait lu *Notre-Dame de Paris* de Victor Hugo et il crut apercevoir le bossu. Esmeralda n'était pas là puisqu'elle l'attendait rue Antoine-Bourdelle. Il se promit de revenir visiter les lieux, ou mieux, d'assister à un office.

Muni de son seul plan de Paris, il devait vérifier à chaque coin de rue le nom de celle-ci.

Le temps de fournir une explication au responsable du foyer, il prit le chemin du retour à la case Cortanze. La sonnette de l'appartement ne suscitait toujours pas de réaction. Il décida d'attendre dans la rue deux numéros plus haut. Il se mit à pleuvoir, une de ces pluies d'orage qui s'abattent avec tant de violence qu'elles rebondissent sur le macadam et les trottoirs. Il s'abrita sous une porte cochère. Impossible de distinguer les visages des passants qui pressaient le pas sous la protection de leur parapluie. Trois ou quatre personnes entrèrent au numéro 9 de la rue Bourdelle, mais la furie de la pluie poussée par un vent violent interdisait de voir si Luce en faisait partie. Il attendit jusqu'à dix-neuf heures. Il se décida alors à tenter sa chance.

À son coup de sonnette un pas, martelant sans doute un parquet, lui répondit. Un homme de l'âge de son père, peut-être un peu plus âgé, lui ouvrit la porte :

— Vous désirez ?

— Je... je suis bien chez Luce Cortanze ?

— Tout à fait. Vous lui voulez quoi ?

— Elle est là ?

— Oui, mais c'est à quel sujet ?

— Je suis... un ami à elle. De La Réunion.

— Ah, très bien, je vais la prévenir.

Moins d'une minute après, Luce apparut. Jean-René eut du mal à déglutir. La jeune femme le regardait avec une expression d'incrédulité. Elle ouvrit de grands yeux, puis dit :

— Que fais-tu là ?

— Je suis venu te voir.

— Tu aurais dû me prévenir.

— Je voulais te faire la surprise. Je suis si heureux de te retrouver.

— Écoute, mon petit Jean-René : tu vois, je vis avec quelqu'un, un monsieur très bien. Il ignore ce qu'il s'est passé à La Réunion. Alors, je t'en prie, pas de scandale. Nous avons passé des moments merveilleux, mais c'était dans l'île, une parenthèse... Si tu as quelques sentiments pour moi, file et ne reviens pas. Je vais dire à Gérard que, de passage à Paris, tu es venu me saluer puisque tu as figuré dans mon reportage. On est d'accord ?

Jean-René était KO debout. Le sol se dérobait. Il avait tout imaginé sauf une gifle aussi violente. Il était incapable d'articuler un mot.

— Alors, tu me promets ?

— Oui... bien sûr. On ne se verra plus ?

— Non, mais suis les conseils que je t'avais donnés : lis, intéresse-toi à la peinture et aux arts en général, ta vie en sera transformée. Bon, je vais chercher Gérard pour te présenter.

Luce revint avec son compagnon :

— Je te présente Jean-René, qui m'a servi de guide à La Réunion. Il est de passage à Paris et est venu me saluer.

— Vous avez quitté votre île ?

— Je ne suis à Paris que pour quelques jours. Rien ne m'y retient. J'avais des espérances mais j'ai découvert que les Parisiens ne tiennent pas leurs promesses et sont peu fiables.

— Ah, vous aviez des projets de travail et on vous a laissé tomber ?

— C'est tout à fait ça, monsieur, en l'espèce c'était une femme qui m'avait fait des tas de promesses, j'ai eu confiance en elle et j'ai été trahi.

— Ah, diable ! c'est une attitude condamnable, vous faire venir de si loin... Et c'était dans quelle branche ?

— Le cinéma. On m'avait promis un petit rôle et quelqu'un d'autre a été pris à ma place. C'est honteux.

— Je ne vous le fais pas dire. J'espère que vous allez trouver quelque chose. Si on peut vous aider...

— Merci beaucoup, mais je crois que je vais retourner à La Réunion. Ici les gens sont trop... particuliers.

— Alors, bon courage ...

Sans même regarder Luce, le jeune homme murmura un « merci monsieur » et sortit.

Dehors, l'orage avait redoublé. Jean-René Malési resta un moment sous la porte cochère. Il ne savait pas très bien si son visage était mouillé de pluie ou de larmes. En un petit quart d'heure, il avait plus appris sur la vie que durant les dix dernières années. Son rêve était brisé, le motif de sa présence à Paris détruit, ses espoirs de réussite anéantis. Que pouvait-il faire ? Il avait espéré que Luce l'aurait aidé à s'implanter dans la capitale, l'aurait présenté à quelques relations et même l'aurait hébergé. Tout s'était effondré en quelques phrases et ses espoirs filaient aussi vite que cette eau des caniveaux, transformée en petits torrents rageurs pour courir se jeter dans la prochaine grille d'égout....

La soirée au centre d'accueil fut lugubre. Il finit par engager la conversation avec deux jeunes Réunionnais. Il lui fallait retomber sur ses pieds et prendre des décisions urgentes. Rien, désormais, ne le retenait à Paris. Il n'avait pas d'argent, n'entendait pas se transformer en chauffagiste ou en postier. Revenir au pays, c'était reconnaître un échec et surtout renoncer à ses ambitions.

C'est le refus de l'échec et l'orgueil qui décidèrent de son avenir : non, il n'abandonnerait pas, non, il ne retournerait pas au pays. Il allait montrer à tous qu'il avait un caractère bien trempé.

L'adversité fait souvent chuter les plus robustes. Malési ressemblait plus à un ludion : plus on l'enfonce dans l'eau, plus fort il en ressort avec force. Cette expérience sentimentale avortée devait s'avérer riche d'enseignements : il se promit de ne plus prendre pour argent comptant les promesses et même les serments. Il admit que Luce, malgré sa trahison, lui avait fait découvrir un monde nouveau et pas seulement sexuel. Tirer des situations dramatiques et des revers des enseignements positifs, c'est ce que ce jeune homme aux allures fragiles eut la force et la bonne intuition de mettre en œuvre.

L'éruption du piton de la Fournaise avait constitué l'acte I, l'aventure Luce Cortanze venait d'achever l'acte II, deux rendez-vous fondateurs d'une prise de conscience et d'une détermination obstinée.

- 9 -

La cathédrale fortifiée, flamboyante sous son manteau ocre, domine la citadelle dont les pieds baignent dans l'eau bleue du Tarn. Le Pont Vieux rappelle que la cité était déjà prospère au onzième siècle. C'est par cet édifice qu'on accédait à la ville après s'être acquitté des taxes sur les marchandises transportées. La fiscalité est aussi vieille que le monde et l'imagination des autorités, civiles ou religieuses, n'a jamais fait défaut.

Jean-René Malési avait feuilleté une petite brochure achetée en prévision de son voyage en terre albigeoise. Et quand il descendit du train, il courut tout de suite à la cathédrale Sainte-Cécile. Le soleil illuminait la brique rouge de l'imposante construction. La vue sur la rivière, le pont et le palais de la Berbie, constituaient un ensemble d'une luminosité exceptionnelle jouant sur toutes les palettes de couleurs allant du brun au rose en passant par le jaune et le rouge selon l'heure du jour et l'intensité du soleil. Le palais, après avoir jadis hébergé les évêques, abritait les œuvres de l'enfant du pays, le peintre Toulouse-Lautrec.

Tout cela ajoutait au jeune Réunionnais des motifs de satisfaction à sa décision d'effectuer ce voyage dans le sud de la France. En dépit de sa nouvelle passion pour l'architecture et la peinture, Jean-René avait une raison plus motivante à son expédition albigeoise.

Le désespoir avait failli l'emporter au lendemain de sa déconvenue amoureuse. Et puis, il avait pris cette décision de ne pas renoncer et de tenter sa chance en métropole. Sans argent, sans relation ni connaissance, la partie semblait plus que délicate. C'est alors qu'il se rappela que son père, la veille de son départ, lui avait dit :

— Si tu rencontres un gros problème, va voir tes grands-tantes à Albi.

— Quelles tantes ?

— Les sœurs de ta grand-mère.

— C'est la première fois que tu m'en parles.

— Elles sont loin et ont toujours vécu en métropole. Mais c'est la famille. Tiens, je t'ai noté leur adresse sur ce papier.

Jean-René, dont les préoccupations immédiates se situaient à des lieues des vieilles tantes, enfouit le papier au fond de la poche de son pantalon. De là, le morceau de papier fit office de marque-page d'un livre, puis fut jeté au fond du sac de voyage. C'est là qu'il le retrouva, chiffonné mais entier. Il pria le Ciel que cette dernière chance ne soit pas anéantie par quelque vent contraire.

Quand il arriva à l'adresse indiquée, il se signa car il s'agissait de sa dernière planche de salut. Si les tantes ne l'aidaient pas, c'en était fini de ses projets et ambitions. Toc toc. Qui est là ? C'est moi. Qui ça ? Moi, Jean-René, le fils de Robert de La Réunion ....

La porte s'ouvrit et le jeune homme se trouva face à une dame au visage torturé de rides mais l'œil pétillant. Ah, Robert ? Oui, bien sûr, comment va-t-il ? Et toi tu es son fils.... aîné faut-il préciser. Bon, entre et raconte-nous...

Et Jean-René raconta, la vie au pays, les frères et sœurs, la monmon, le papa, le Piton en furie, la découverte de la littérature et de la peinture, sans pour autant entrer dans les détails... Ses projets ? Ah, oui c'est là que tout se compliquait. Sa classe de rhétorique et le bac ? Laissés à Saint-Denis.

— Mais il te faut passer ce bac, se permit la seconde grand-tante qui venait de faire son entrée.

— C'est important de nos jours, reprit la première.

— Oui, je sais, mais je n'en ai guère les moyens. Je veux rester en métropole, alors il va falloir que je travaille.

— On va réfléchir à la question...

Les deux dames firent preuve de beaucoup d'attention pour ce jeune parent tombé du ciel et qui colorait des jours un peu ternes. Ce dernier se laissa choyer. Il avait le gîte, le couvert et l'affection de ses parentes. Il n'avait qu'à se laisser vivre. Il lisait les quelques livres trouvés dans la maison et tentait d'en tirer des leçons de vie, tel un apprenti qui ramasse tout ce qui lui tombe sous la main, essayant le moindre outil ou la moindre ferraille traînant dans le garage paternel. Tout cela ne servait pas à grand-chose en l'état, mais il était certain de préparer l'avenir et d'avoir l'usage de tout cela le moment venu.

Grâce à ses parentes, il eut tout loisir de préparer son premier bac par correspondance grâce au CNTE. Il réussit cette première partie. Les vieilles tantes décidèrent alors de l'envoyer dans une « boîte à bac » à Toulouse pour préparer le second bac, celui de la terminale. Jean-René Malési, dont la curiosité était en perpétuel éveil depuis sa rencontre avec Luce Cortanze, tomba amoureux de la ville rose. Dès qu'il n'avait pas cours, il courait jusqu'à la place du Capitole, allait galopiner autour du couvent des Jacobins, joyau de l'art gothique méridional avec sa voûte en forme de palmier, flânait le long du canal du Midi ou sur les berges de la Garonne ou fréquentait l'hôtel d'Assézat, dont il admirait les colonnes antiques et son exceptionnel portail d'entrée. Il aimait surtout la basilique Saint-Sernin car il avait un faible pour l'art roman. Il aimait s'y recueillir. Il mettait à profit ces moments d'introspection pour mettre de l'ordre dans ses idées et tirer des plans pour l'avenir. Ses dévotions se limitaient à une méditation sur son futur.

La préparation de sa seconde partie du baccalauréat constitua un déclic. Le professeur de philosophie, un passionné d'Alain, lui fit partager son enthousiasme. Lui, le Réunionnais féru de religion et possédant la foi du charbonnier trouva dans le philosophe Alain de quoi passer ses croyances à l'analyse critique. Il médita longtemps l'une de ses phrases : « Le propre d'une religion est de n'être ni raisonnable ni croyable, c'est un remède de l'imagination pour des maux d'imagination ». Pourtant, il sentait chez ce penseur une certaine fascination pour l'Évangile et même pour le catholicisme. C'est pourquoi il se permit de déclarer à son professeur en fin de cours :

– En fait, question spiritualité, Alain croit en tout sauf en Dieu.

– C'est une bonne synthèse de la pensée d' Alain, il est en effet trop cartésien pour admettre l'hypothèse.

Mais Jean-René prit plaisir à entrer aussi dans la pensée de Nietzsche. « Ce qui ne me tue pas me rend plus fort » devint une devise qu'il conserva toute sa vie. La vision pessimiste du monde du philosophe allemand lui convenait très bien car il était déjà sans illusion sur son fonctionnement.

Cette année de philosophie réconcilia le jeune homme avec les études.

Il réussit brillamment son bac grâce à une note inespérée dans l'épreuve reine qui lui eût valu une mention « bien » si les autres matières n'avaient fait baisser la moyenne générale. Ce succès dopa les ambitions du jeune Malési. Désormais, tout devenait possible !

- 10 -

Les grand-tantes étaient fières de la réussite du rejeton Malési. Elles avaient conscience d'en être en partie responsables puisqu'elles avaient financé cette année d'études. Elles étaient prêtes à poursuivre l'effort et proposèrent à Jean-René de s'inscrire à l'université.

On en discuta autour d'un cassoulet mitonné par Angèle, la grand-tante la plus âgée.

En procédant par élimination Jean-René se décida à intégrer la faculté de droit.

Bien qu'il ait conservé un caractère un peu sauvage qui rendait difficile l'approche de ses condisciples, il se lia d'amitié avec un Toulousain d'origine, fils d'un *capitoul*. Cet étudiant brillant partageait avec le Réunionnais des centres d'intérêt dont la peinture et l'architecture. L'hôtel d'Assézat n'avait pas encore reçu la donation de la fondation Bemberg et les merveilles du collectionneur argentin n'avaient donc pas enrichi le patrimoine de la ville rose. Luc Marcillac, le fils aîné du conseiller municipal toulousain, se destinait à la profession d'avocat. Une vocation rencontrée lors de sa classe de seconde après avoir entendu plaider Maître René Floriot dans une triste affaire criminelle jugée aux assises. La peine de mort n'étant pas abolie, le client risquait la guillotine.

Le jeune Marcillac fut étonné d'entendre le ténor parisien du barreau parler chiens de chasse lors de la suspension de séance précédant la plaidoirie de la défense. Il en avait été choqué. De retour dans la salle d'audiences, Floriot avait plaidé durant deux heures sans une note. La tête du criminel fut sauvée et le jeune juriste se jura de suivre les pas du brillant avocat :

— Je serai avocat pénaliste, Jean-René.

— On gagne de l'argent au pénal ?

— Au début, non, il faut se faire une réputation...

— Trop aléatoire pour moi.

— Que comptes-tu faire ?

— Je ne sais pas encore, je fais confiance à la Providence...

— Cela t'intéresserait d'assister à un vernissage ?

— Bien sûr !

— Ma mère est sculptrice, elle bénéficie d'une petite notoriété et toutes les galeries l'invitent à leurs vernissages. C'est une exposition Raymond Espinasse, une peintre de grand talent à la peinture flamboyante.

Jean-René tomba sous le charme de cet artiste toulousain et particulièrement de sa toile *La Place Saint-Pierre*. Il aurait aimé partager ces instants d'émotion avec Luce. La blessure sentimentale se cicatrisait car le temps gommait peu à peu les souvenirs douloureux. Le jeune homme ne conservait plus que l'apport décisif de Luce Cortanze dans sa vie : la littérature et les arts, notamment la peinture. Il en était certain : Dieu l'avait mise sur sa route pour le tirer de sa médiocrité. Il était redevable au Créateur et à sa créature.

Les grands-tantes avaient acheté un petit appartement dans le centre de Toulouse. Jean-René, grâce à des relations de Marcillac, put faire effectuer des travaux de rénovation à moindre coût. La vie, sans être particulièrement ensoleillée, progressait sous un vent de bon vouloir... Et puis tout se gâta.

Les autorités militaires, tout comme le fisc, retrouvent toujours ceux qu'ils ont dans leur collimateur. Malési reçut sa convocation pour les « trois jours », séjour obligatoire avant d'être incorporé pour le service militaire. Voilà qui n'arrangeait pas les plans du jeune homme. Il avait le choix entre rejoindre le Régiment des Transmissions de Montargis ou opter pour la Coopération.

Ce temps perdu l'irrita. Fort heureusement, la guerre d'Algérie avait pris fin et l'armée présentait moins de risques, si ce n'est celui de perte de temps.

Après réflexion, le jeune homme opta pour un service dans l'Aide technique comme enseignant à... La Réunion, une variante de la Coopération. Il vendit son appartement toulousain, réalisant au passage une plus-value inespérée. Merci les petites vieilles qui avaient eu la bonne idée de le mettre à son nom ! Il convainquit le duo de tantes de vendre leur maison et d'acheter un appartement à Paris, compte tenu de leur grand âge. Elles y trouveraient de meilleurs services de santé.

Le temps de régler vente et acquisition, et il prit l'avion pour Saint-Denis.

Jean-René retrouva la famille et le peu d'amis qu'il avait. Entre le timide garçon parti à l'aventure sans projet, sans argent ni diplôme et le fringant jeune homme devenu enseignant et non dénué de ressources il y avait... un océan. Il avait réussi son pari. Il pouvait regarder d'encore plus haut ses anciens condisciples du lycée, il pouvait déambuler la tête haute dans les rues de Saint-Denis. Cette petite réussite accentuait ses faiblesses naturelles. L'orgueil l'habitait jusqu'à faire dire à certains de ses proches qu'il était puant de suffisance. Loin de s'en formaliser, Jean-René estimait que son orgueil constituait l'un de ses moteurs essentiels et devinait qu'il serait son plus fidèle aiguillon pour gravir les sentiers de la gloire, ou tout du moins de la réussite matérielle, ce qui, à tout prendre, était sans doute préférable.

Ses parents apprécièrent le chemin parcouru. Il fut dès lors considéré comme un exemple pour les frères et sœurs. Quelle revanche réconfortante pour celui qui était parti avec l'indifférence et les sarcasmes des condisciples du lycée !

Ces deux ans de service civil furent mis à profit pour faire le point et échafauder des projets. Il appréciait d'autant plus son île qu'il savait qu'il n'y resterait pas. On le regardait avec moins de dédain et on ne plaisantait plus sur son idylle avec la journaliste. On ignorait en effet ce qu'était devenue leur liaison et le jeune homme ne faisait rien pour dissiper le mystère. Alors on supputait, on échafaudait des hypothèses, mais sans en rajouter. Rien ne prouvait que Jean-René Malési ne vivait pas à Paris en concubinage notoire avec sa belle maîtresse. L'hypothèse agaçait les anciens condisciples mais tenait en respect la trop grande curiosité ou les propos outranciers... Et puis ce qu'avait fait le jeune homme clouait le bec des plus jaloux. On savait que Malési, parti sans rien, avait réussi à gagner un petit pécule et obtenu un baccalauréat, épreuve à laquelle beaucoup avaient échoué.

Jean-René mit à profit cette période pour couler des jours tranquilles. On aurait même pu penser qu'il se laissait aller et que le farniente constituait son occupation privilégiée. La réalité présentait quelques nuances. Certes, en dehors des cours qu'il professait, il passait son temps à la plage ou sur le terrain de football, mais son esprit ne cessait de bouillonner. Il avait toujours de grandes ambitions, et une confiance en sa réussite qui laissait pantois ses interlocuteurs.

— Que fais-tu le soir dans ton lit, François ? dit-il à un de ses rares amis.

— Moi ? Mais je dors...

— C'est toute la différence. Moi, une fois dans mon lit, je fais marcher mon cerveau et, crois-moi, là-haut, ça travaille, ça travaille !

Une idée finit par le troubler : il avait réalisé une plus-value substantielle en bricolant son appartement et en le revendant pour le compte des tantes. N'y avait-il pas là un moyen de gagner facilement de l'argent ? Un dépoussiérage, quelques menus aménagements, un coup de peinture et hop, on vend et on engrange. Il avait hâte de repartir en métropole. Dès l'expiration de son contrat, il reprit l'avion pour Paris. Il ne savait pas ce qu'il ferait, mais la fortune l'attendait, il en était certain.

C'est à son retour qu'il apprit les mauvaises nouvelles : les tantes étaient décédées et elles avaient légué peu de temps auparavant leurs biens à la fondation de l'Abbé Pierre. Religion, altruisme, générosité, venaient de marquer leurs dangers ! Malési n'eut aucune aigreur, juste de timides regrets... Au lieu de nourrir ceux-ci, il en tira un motif propre à entretenir sa fierté : il réussirait sans l'aide de qui que ce soit ! Il y avait chez ce jeune homme du Rastignac et du Cyrano : *« Ne pas monter bien haut, peut-être, mais tout seul. »*

La lucidité lui fit comprendre qu'il fallait apprendre avant d'essayer de jouer dans la cour des grands. Acheter, vendre des immeubles, oui, pourquoi pas, un bel avenir, à condition de maîtriser les règles du jeu.

En lisant les petites annonces, il apprit qu'un groupe immobilier recherchait de jeunes talents : ambition, sens des affaires, rigueur, disponibilité constituaient les qualités requises. Il pensait posséder tout cela.

Quinze jours plus tard, Jean-René Malési se retrouva dans le salon d'attente d'un important promoteur de logements dans Paris intramuros. L'entretien fut long mais au bout de deux heures, on lui proposa d'intégrer l'équipe. Sa formation serait assurée.

Pelleron, le fondateur du groupe, était proche de ses collaborateurs. Peu de hiérarchie dans la maison, mais un lien direct, tel était le principe de management du boss. Le Réunionnais ne pouvait que se réjouir de ce style de gouvernance.

Au sein de ce groupe ambitieux, à l'image de son président, il eut tout loisir pour se familiariser avec les chiffres, les analyses de bilans, les comptes d'exploitation prévisionnels, les ratios, les RBE, REE, les dettes à long terme et autres capitaux propres. Mais au-delà de ces éléments bilanciels, il apprit la base du métier de promoteur : l'intuition. C'est au nez que le premier jugement se forge. Un coup d'œil à l'environnement, un flash sur le type de construction ou de rénovation, trois ou quatre chiffres à retenir, et c'était parti. De là, on pouvait prendre son temps pour analyser, chiffrer, effectuer des démarches en mairie puis entamer les premières négociations sur le prix d'acquisition du terrain ou de l'immeuble.

Jean-René Malési se prit au jeu. Il consacrait une partie de ses loisirs à sillonner les quartiers de Paris et repérait les immeubles en péril ou *les dents creuses*, ces bouts de terrains vierges coincés entre deux constructions. Il évaluait l'intérêt de l'environnement immédiat, mesurait la distance par rapport à la station de métro ou l'arrêt de bus, puis le lundi matin, à l'occasion d'un aparté avec le patron, le plus souvent aux urinoirs de l'étage, il confiait :

— Rue Falguière, il y a un immeuble qui menace ruine. Bien situé. Métro à 150 mètres. Le propriétaire est un particulier. Restent que trois locataires, tellement c'est pourri...

— Bravo, Malési ! Vous êtes nommé chef du projet ! Instruisez le dossier. Allez, au boulot, garçon...

Avec un chef comme Pelleron, on apprend vite. C'est le genre de patron qui n'attend pas que vous fassiez vos preuves, non, il est partisan de l'adage *c'est au pied du mur que l'on juge le maçon*. En pataugeant, on finit en effet par apprendre à nager. Ou bien on se noie et le problème est résolu. Suffit que l'on vous pousse à l'eau. Ainsi raisonnait Pelleron.

Quand il s'agissait des chiffres, car on finissait par en parler, la machine du boss se mettait en route. Il valait tous les calculateurs alors en service, et le temps que vous aligniez les premières séries de nombres et procédiez aux premières additions, il vous déclarait : bon, voyons... laissez-moi un instant... ça fera une marge nette de 18%, c'est parfait. Il se trompait rarement. Un ordinateur ne faisait pas mieux. Il n'attendait pas de ses collaborateurs qu'ils se transforment en super calculatrices. Non ce qu'il attendait de leur part, c'était leur flair d'abord, leur rigueur ensuite. Des dossiers bien ficelés, les aléas réduits à leur plus simple expression, le sens de la négociation, avec les vendeurs ou encore les maires d'arrondissement et les chargés d'urbanisme, c'était cela qu'il exigeait de ses équipes. Pour l'étude des coûts de construction, il avait deux spécialistes, des cadors des appels d'offres, des ténors de la mise en concurrence. L'informatique commençait à prendre une place majeure dans la promotion immobilière, on était loin des antiques programmes *Pert* avec ses *fictives* et ses *attentes*. Pelleron avait su s'attacher les services des meilleurs analystes-programmeurs et avait débauché un brillant ingénieur de la SERI. À cette époque, les grands de l'immobilier s'intéressaient essentiellement aux tours et aux grands ensembles : la Défense, le Front de Seine, les centres commerciaux. On construisait de plus en plus à partir d'options verticales comme le Front de Seine mis en œuvre par la SEMEA 15.

Une petite musique commença à entrer dans la tête de Jean-René Malési : si un jour il devait prendre son envol dans ce métier, ce ne serait pas en se frottant aux mastodontes du milieu et aux amateurs de verticalités ou de grandioses réalisations, mais sans doute en recherchant des niches. Les grandes opérations impliquaient de fonds considérables, de l'entregent, des appuis politiques et des talents parfois de « bienfaiteur », autrement dit de corrupteur.

Jean-René Malési savait qu'il y aurait un frein à sa marche en avant : son honnêteté, qui semblait incompatible avec le milieu. Pour réussir sur certains quais de Seine, il fallait jouer, des coudes, des relations, et parfois des enveloppes.

Douze mois après son entrée dans la société, il fut convoqué par Pelleron :

— Ah, Jean-René, comme disait Napoléon à un de ses hommes : « Soldat, nous sommes content de vous ». Vous avez fait du bon travail. Vous avez deux qualités essentielles dans notre profession : le nez et la rigueur. En plus, vous êtes un gros travailleur, à se demander si vous avez une vie privée... Bon, cela ne me regarde pas, c'est votre affaire. Je voulais vous dire que vous allez gravir encore un échelon. J'entends vous confier la tête du service *Prospection et projets*.

— Merci, monsieur. J'apprécie la confiance que vous m'accordez.

— Vous êtes promis à un bel avenir, Malési. En attendant, partez un peu en vacances, vous les avez bien méritées.

Jean-René n'hésita pas et prit un billet pour La Réunion. Son île lui manquait. Il entretenait d'ailleurs un rapport complexe avec sa terre natale : il l'aimait, mais il ne se voyait pas y vivre. Les mentalités étaient trop étriquées, les coutumes trop pesantes, les camarades de jeunesse trop inconsistants... Mais il y possédait ses racines, les souvenirs de sa prime enfance.

Ce n'étaient pas les seules raisons. Il se sentait, en effet, moins réunionnais que citoyen du monde. Il se demandait s'il n'était pas le résultat d'un *melting pot* de races et de religions même si, comme toute la famille, il était viscéralement attaché à la culture et à la religion chrétienne et catholique en particulier, ainsi qu'à la mère patrie. Il aimait cette idée, toutefois, de citoyen du monde. Même s'il admirait Vergès, il considérait qu'il s'était égaré en embrassant les thèses communistes. La sympathie qu'il ressentait pour l'homme s'arrêtait net devant ses théories et velléités indépendantistes.

Pourtant, Malési ne s'intéressait pas à la politique et avait une piètre opinion de ceux qui en faisaient profession. Il nourrissait d'autres rêves, comme celui d'avoir son entreprise à lui et de faire fortune, d'abord pour lui-même, ensuite pour montrer à tous ceux qui avaient douté de ses capacités ou l'avaient brocardé et même ridiculisé, de quoi il était capable... Encore un trait de son ego surdimensionné mais qu'il assumait totalement, persuadé que ce défaut constituait en réalité le moteur le plus efficace de la réussite. Si l'on est adepte de l'humilité ou de la plus grande modestie, il y a toujours une place qui vous attend dans un monastère ou dans un temple bouddhiste... Il exécrait les idées extrêmes, tout acquis qu'il était à la philosophie de Molière : « *L'excès en tout est un défaut. La parfaite raison fuit toute extrémité* ». Le bon sens, le juste milieu, l'enthousiasme, voilà les vertus qu'il entendait faire fructifier.

À La Réunion, il prit contact avec le représentant du groupe Pelleron sur l'île, monsieur Carter Wingdoor. Cet homme aux origines indéterminables, mi-indien mi-malgache mâtiné de somalien pour l'essentiel, était parti de rien. Quadrilingue, il avait été recueilli, puis avait fait des études chez les jésuites à Saïgon, cursus poursuivi en France à Ginette, pour finir aux États-Unis à Stanford. Ses origines et ses nombreux voyages avaient fait de lui un globe-trotter brillant que Pelleron avait engagé dès que l'intéressé fut de retour en France. Il l'envoyait en mission pour étudier les marchés immobiliers potentiels.

Jean-René appréciait la présence de cet homme qui venait d'atteindre la quarantaine. Ils avaient des discussions animées autour d'un verre en fin de journée. L'homme lui expliqua que la voie de la fortune impliquait de prendre des risques et de refuser de ronronner. Lui, Carter, avait opté pour une vie sans prise de risque, car son tempérament en avait fait plus un contemplatif qu'un capitaine d'industrie.

— Certains sont faits pour la conquête de territoires, ils sont motivés par l'envie de bâtir des empires ; d'autres, comme moi, sont destinés à regarder le monde, à s'émerveiller, à bâiller, à se contenter de leur sort. Je fais ce qu'il faut pour nourrir ma famille, je gagne bien ma vie et celle-ci me suffit.

— Pourquoi me dites-vous cela ?

— Parce que je sens que toi, tu as envie de conquérir le monde. Tu as de l'ambition, tu cherches à te prouver que tu es le meilleur, le plus malin, tu es attiré par le pouvoir, pas celui que donne la politique, mais celui de l'argent. Je pense que tu réussiras, mais reste à savoir le prix que tu paieras pour cela.

— Vous me connaissez à peine...

— C'est vrai, mais tu es comme le piton de la Fournaise, tu es visible de loin et ça bouillonne chez toi, tout cela se sent et un jour, la lave sortira avec violence. Il suffit de t'observer.

— C'est vrai que j'ai envie de réussir.

— Un mot qui peut signifier la même chose et son contraire. Tel que tu entends ce mot, tu vises la réussite matérielle. Si c'est le cas, il faut t'en donner les moyens.

— C'est-à-dire ?

— Quitte Pelleron et vole de tes propres ailes.

— J'y ai pensé.

— N'y pense pas, fais-le. Ne cherche pas à imiter les autres, trouve ton créneau, tes niches.

— C'est marrant ce que vous me dites là, c'est exactement ce que j'ai imaginé...

— Je peux te donner quelques règles à observer. Elles t'empêcheront de faire des erreurs de débutant.

— Par exemple ?

— Ne dépends jamais des banques. Ne mets jamais tes œufs dans le même panier. Ne fais confiance qu'à ton jugement. Entoure-toi de gens compétents mais surtout dans lesquels tu auras une confiance absolue.

Les deux hommes se retrouvèrent deux ou trois fois et poursuivirent leur dialogue. Malési partageait pour l'essentiel les principes de Wingdoor.

Mais parce qu'un homme de son intelligence les lui a rappelées, ces théories devinrent règles d'or.

Il ne devait jamais l'oublier.

- 11 -

— Alors, Jean-René, ces vacances au pays ?

— Excellentes, monsieur.

— Prêt à reprendre le collier ?

— C'est-à-dire que... je...

— Oui ?

— Je quitte la société.

— C'est une plaisanterie ?

— Non, j'ai bien réfléchi, je me lance.

— Où cela ? Dans le vide ? Ou bien vous allez à la concurrence ?

— Non, je veux être indépendant et créer ma propre structure.

— Vous voulez devenir promoteur ?

— Pas exactement, je veux développer mes propres affaires.

— Mais, diable, dans quel secteur ?

— Dans l'immobilier.

— C'est bien ce que je viens de dire, vous voulez devenir promoteur.

— Non, modestement, je vais me contenter de faire de la rénovation, marchand de biens en somme... Cela fait un moment que j'y songe.

— Pas moyen de vous faire changer d'avis ? Un intéressement sur le business par exemple ?

— Je rêve depuis toujours d'être mon propre patron. Il me faut de l'air, de l'aventure, des challenges. Je sais que je vais en baver, mais, voyez-vous, cette perspective, loin de m'effrayer, me fascine.

— Alors *good luck*, Malési...

Jean-René Malési avait mis à profit son séjour réunionnais pour affiner son projet. Wingdoor lui avait suggéré de prospecter quelques personnalités fortunées de l'île pour constituer un premier tour de table. La pêche ne fut pas miraculeuse mais il avait obtenu l'appui de deux autochtones prêts à rentrer dans la société à créer et à verser quelques subsides pour amorcer la pompe à finances. L'aide la plus efficace lui vint toutefois d'un important exportateur de l'île qui lui fit une recommandation auprès du directeur d'agence du Crédit Lyonnais de l'Avenue du Général-Leclerc dans le XIVe. Ce coup de pouce constituait le résultat de son offensive auprès du roi de la canne à sucre. Ce patron faisait entretenir ses véhicules par Malési père et accepta de recevoir le fils. Jean-René avait préparé cet entretien avec une minutie telle qu'il subjugua son interlocuteur. Tout y était : la démonstration, les perspectives, le plan d'action, le montage et quelques données chiffrées. Le jeune homme avait des talents oratoires incontestables, et un charme qui ne pouvait laisser indifférent. Non seulement il obtint la recommandation qu'il était venu solliciter, mais l'industriel mit également la main au portefeuille :

— Dites à Demonsablon, c'est le nom du directeur, que je prends une action dans votre société à constituer et que je fais un apport en compte courant de 25 000 francs. Je vais d'ailleurs l'indiquer dans mon petit mot.

— Merci infiniment, vous me rendez un énorme service.

— J'ai confiance en vous, mon garçon.

C'était l'époque où les banques avaient quelque prestige et leurs salariés étaient respectés et même enviés par le monde du travail. Les directeurs d'agence, de leur côté, avaient de vrais pouvoirs. On était loin de l'époque actuelle où les agents des banques doivent raser les murs, et les directeurs passer leur temps à cocher des cases sur des formulaires. La tendance à l'anonymat et à la robotisation rangerait bientôt l'employé de banque au musée des curiosités au même titre que les dinosaures ou les momies égyptiennes. Cette désincarnation se retrouve aussi dans le monde des assurances où le sur-mesure n'existe plus. Le risque est évalué à travers un formulaire et en dehors des cases à cocher, point de salut, les compagnies ne savent plus faire. On privilégie, là aussi, la loi des grands nombres pour rejeter les risques atypiques : trop de temps, trop de complications, pas rentables.

Malési se lançait à une époque où tout était encore possible car on fonctionnait alors à *l'intuitu personae* et au cousu main.

Demonsablon le reçut comme s'il avait été un gros client depuis des décennies. Il s'intéressa au projet de Jean-René, et, en fin d'entretien, l'assura de son soutien.

— Dès que vous avez un dossier concret, revenez me voir, si cela semble tenir la route, on vous suivra.

— Merci, monsieur.

— Remerciez aussi monsieur Borlange, je le connais depuis mon service militaire que j'ai effectué en grande partie dans votre île. Nous étions dans la même caserne et nous avons toujours conservé des relations privilégiées.

Tous les deux ans, nous allons passer nos vacances à La Réunion dans un bungalow au bord de l'eau qui appartient à notre ami...

Le plus dur était fait. Restait à trouver une première opération.

- 12 -

Les premières sociétés venaient d'emménager à la tour Montparnasse. Jacques Borel avait à lui seul acheté trois étages et en avait pris un quatrième en location. C'était le début de la restauration d'autoroute et de la restauration collective. JB International connaissait une croissance qui faisait pâlir de jalousie ses concurrents. Le chouchou de la Bourse avait entraîné dans son sillage nombre de sièges sociaux et l'adresse du 33, avenue du Maine, était devenue prestigieuse.

Si les curieux venaient découvrir la tour, puis Paris, du haut de son 56e étage, Jean-René Malési s'intéressa davantage aux rues adjacentes. Il avait compris que le quartier était appelé au plus grand avenir. Il s'intéressa aux immeubles de proximité. Et s'il avait la tête en l'air, ce n'était pas pour contempler les étages de cette tour, mais l'état des immeubles environnants dont ceux, en priorité, des rues du Départ et de l'Arrivée.

Entre les numéros 5 et 9 de la rue du Départ, une construction constituait une verrue quand on contemplait le fier édifice de verre et de métal qui dominait Paris. Le Réunionnais s'intéressa donc au numéro 7.

Une exploration des boîtes aux lettres lui apprit qu'il y avait une quinzaine d'appartements occupés. Cinq d'entre eux appartenaient aux mêmes propriétaires, une famille d'anciens aristocrates de type *fin de règne,* qui percevait des loyers ridicules, l'immeuble étant soumis à la loi de 1948 qui bloquait les loyers des appartements construits avant cette date et reconnaissait au locataire le droit au maintien dans les lieux.

Cette loi paralysait l'immobilier ancien et encourageait les investisseurs à construire ou à rénover pour échapper au blocage des loyers. Malési comprit immédiatement l'intérêt de se lancer dans la rénovation, quitte à payer de substantielles indemnités aux locataires pour les faire partir. Il fallait savoir négocier et le jeune Réunionnais avait des talents de persuasion hors normes. Il décida de tenter sa chance et se lança dans des négociations avec les locataires pour le compte des propriétaires ou avec ceux-ci quand s'ils occupaient eux-mêmes les lieux.

Pour réussir, il faut non seulement les bons arguments mais il faut aimer les palabres, les discussions interminables et savoir s'adapter à la psychologie de chacun. C'est là que Malési marquait la différence, car il avait une faculté d'user d'un langage qui suscitait confiance et intérêt de ses interlocuteurs. Il cherchait toujours quel canal de communication retenir : didactique, séduction, rationaliste, directif... Le choix s'imposait de lui-même et n'en était que plus naturel et efficace.

En trois mois, il avait réussi à faire place nette et à acquérir l'immeuble. Restait le plus délicat : prendre en charge un chantier conséquent, mouliner des chiffres, déposer les permis, mener à bien un chantier. Son passage chez Pelleron lui facilita les tâches. Il eut recours à des entreprises avec lesquelles il avait déjà travaillé et choisit un architecte qui partageait ses idées d'aménagement, un collaborateur d'un grand cabinet qui, lui aussi, avait décidé de voler de ses propres ailes.

Il passait toutes ses journées sur le chantier et hantait encore les lieux le soir venu. C'était sa première réalisation et il y consacrait jusqu'à quinze heures par jour. Rien d'autre ne comptait en dehors du 7, rue du Départ. Cette boulimie de travail s'avéra payante. L'immeuble fut achevé dans les délais, la commercialisation débuta quinze jours plus tard, et tous les appartements furent vendus, dont six à un investisseur institutionnel pour du locatif, en deux mois. Malési avait obtenu une légère surélévation de l'immeuble qui permit la réalisation de trois appartements supplémentaires là où il y avait des chambres de bonnes.

L'opération dégagea une plus-value inespérée. Le Crédit Lyonnais fut impressionné par la performance d'un jeune homme qui n'avait pas encore trente ans. Quand Malési, moins d'un mois plus tard, vint solliciter un prêt conséquent pour réaliser une double opération de marchand de biens, on n'hésita pas un seul instant. Le jeune homme avait fait ses preuves et on était prêt à l'accompagner dans son aventure.

Ces premières opérations permirent à Jean-René Malési d'améliorer son train de vie. Tout autre eût profité de ces réalisations successives et engrangé les bénéfices, opération après opération : acheter un appartement dans un quartier prestigieux, une voiture de luxe, s'offrir des vacances en des lieux paradisiaques, et couler ainsi des jours heureux en réduisant ses heures de travail.

C'est tout le contraire qui se produisit. Malési décida d'enclencher la vitesse supérieure. Pourquoi ne monter qu'une affaire par an ? En s'entourant d'associés ou de collaborateurs, il pourrait devenir le Aaron des marchands de biens ! Voir loin et grand, devint sa nouvelle devise.

La chance vint encore une fois à son secours sous la forme de d'une rencontre : Henri Guibet.

Avec une sagesse surprenante, compte tenu des caractères des deux personnages, ils décidèrent de s'associer en créant une société commune à laquelle ils donnèrent pour raison sociale leurs prénoms : HJR Conseil. Deux bourreaux de travail, deux visionnaires, deux passionnés par leur métier, cette addition ne pouvait qu'entraîner une dynamique et bouleverser le monde de la rénovation urbaine.

On embaucha deux collaborateurs, puis très vite un troisième. On menait trois à quatre opérations de front. À trente ans, le jeune Réunionnais réalisait son rêve : être son propre patron, diriger une équipe et... gagner de l'argent. Ah, si les médiocres du lycée pouvaient voir ça : le coquet appartement dans le XIVe arrondissement, la DS rouge rutilante, les bureaux avec une borne d'accueil et une secrétaire au sourire tellement désarmant qu'il en était presque déloyal, une atmosphère de ruche bourdonnante, une équipe partageant les mêmes objectifs et nourrissant les mêmes ambitions.

Il n'était pas rare de voir les deux associés manger une pizza à dix heures du soir tout en confrontant leurs points de vue sur les prochaines opérations. Les deux hommes possédaient des qualités complémentaires tout en partageant la même philosophie des affaires. Guibet avait une approche plus axée sur les chiffres. Malési possédait en revanche l'intuition et, comme le disait son associé, il sentait l'avenir mieux que quiconque.

Le chemin parcouru les flattait tous deux, mais Malési n'entendait pas en rester là. Une fois encore, la chance s'offrit à lui sous forme d'une autre rencontre : André Malraux.

Le hasard ne favorise que les esprits disposés. Ce qui n'avait pas frappé les spécialistes de l'immobilier fut perçu par Jean-René comme la nouvelle la plus prometteuse qui soit. Le ministre du général de Gaulle avait fait adopter une loi en 1962. Elle ne déclencha pas l'enthousiasme malgré ses avantages considérables : on pouvait déduire la totalité du montant des travaux de rénovation de ses revenus dès lors qu'il s'agissait d'immeubles situés en secteur sauvegardé et destinés à la location. L'investisseur se constituait ainsi un patrimoine qui ne lui coûtait pas grand-chose dès lors qu'il était un important contribuable.

— Vois-tu, Henri, c'est l'idée du siècle. Le gouvernement a voulu préserver les beaux immeubles anciens de la capitale. Pour cela, il a mis le paquet avec cette déduction d'impôts. La loi permet la création de secteurs sauvegardés lorsque ceux-ci présentent un caractère historique, esthétique ou de nature à justifier la conservation, la restauration et la mise en valeur de tout ou partie d'un ensemble d'immeubles.

— Tu connais la loi par cœur !

— C'est préférable...

— J'entends bien, mais nous n'avons pas l'argent pour investir massivement dans ces opérations.

— C'est là qu'il faut en appeler à l'imagination. Je vais prendre mon bâton de pèlerin et aller proposer à tous les gens fortunés de La Réunion qui paient de gros montants d'impôts de se constituer, en métropole, un patrimoine immobilier qui ne leur coûtera rien.

— Et cela nous rapporte quoi ?

— On monte les opérations moitié-moitié avec les investisseurs, en empruntant, évidemment.

— Mais il s'agit de bâtiments le plus souvent vétustes.

— Peut-être, mais ils ont deux avantages : d'abord, ils ne sont pas chers et ensuite ils sont tous situés dans des beaux quartiers. Bordeaux, par exemple regorge de bâtisses construites entre le seizième et le début du dix-neuvième siècle. C'est là-bas qu'il nous faut faire nos premières armes sur ce marché. J'ai une bonne relation sur place qui a déjà repéré une dizaine d'immeubles. Cette personne a ses entrées à la mairie. La ville est mûre pour soutenir une opération de rénovation d'envergure.

— Tu crois que les organismes locatifs vont avoir la clientèle pour ces immeubles anciens ? Ce que veut le client aujourd'hui, c'est du neuf, du confort, des ascenseurs, des parkings...

— Qu'à cela ne tienne, Henri, ils auront tout cela.

— Tu es sûr de toi ?

— Absolument. Et puis travailler avec la vieille pierre, redonner vie à ces façades superbes, c'est autre chose que des tours à la Défense ou sur le Front de Seine. Habiter un hôtel particulier, c'est plus classe que de poser son paquetage dans un building froid et sans passé... Je t'assure, il y a une clientèle pour cela.

— D'après ce que tu m'as expliqué, les investisseurs doivent mettre les appartements en location durant neuf ans... C'est une contrainte !

— Exact. Mais à l'issue du bail, soit ils récupèrent le bien pour l'habiter ou ils continuent à le louer, soit ils le revendent et engrangent la plus-value.

— Je vois que tu as bien réfléchi à la question...Si je comprends bien, tu pars à La Réunion et moi à Bordeaux, c'est cela ?

— Tu as tout compris.

C'est un homme d'affaires respecté qui déposa ses valises à Saint-Denis de La Réunion. Des journaux locaux avaient évoqué la réussite de ce natif du pays. De petits articles, certes, mais on parlait de lui en bien, et en homme d'avenir. Quoi de plus satisfaisant pour un ambitieux en recherche de marques de considération... La famille Malési écouta avec attention la saga de *HJR Conseil*... Quoi ! il avait des bureaux boulevard Haussmann... Il avait six collaborateurs, le fiston avait un appartement à lui, une luxueuse Citroën ! Les frères et sœurs étaient stupéfaits de la réussite de leur aîné. Monmon regardait avec bienveillance et tendresse ce garçon sur lequel elle n'aurait pas beaucoup misé. Vous comprenez, un jeune homme cossard, un peu bambocheur, prétentieux et qui n'avait rien pour s'imposer, *si ce n'est sa grande gueule !* Comme quoi l'avenir et les gens réservent des surprises. Tant mieux, alléluia ! Dieu était forcément derrière tout ça !

Avec l'aide de Guibet, il avait préparé un dossier pour les investisseurs potentiels. Comme le lui avait appris Pelleron, il fallait être simple et expliquer avec ce que son ancien patron appelait le *baby talk*, un langage compréhensible par un enfant. Des photos de réalisations, pas de phrases ronflantes ou de promesses mirifiques, pas de superlatifs mais du concret, quelques chiffres, des
exemples parlants, des références à la loi Malraux sous forme de propositions claires, pas de baratin. La conclusion était parfaitement au point : « En fait, grâce à ce montage, c'est l'État qui vous offre votre futur patrimoine immobilier. Attention, ça ne durera pas... il faut en profiter. » Malési n'insistait jamais, il avait mis la personne sur un bon coup, à elle de saisir sa chance, « n'est-ce pas, monsieur Tricotet ? »

La campagne fut couronnée de succès. En trois semaines, douze grosses fortunes réunionnaises avaient signé un protocole d'accord, non contraignant, certes, mais qui allait dans le bon sens.

Ce qu'il avait semé lors de son voyage dépassa ses espoirs. Dans les semaines qui suivirent son retour à Paris, il fut relancé par ses contacts de La Réunion : alors, le projet Saint-Pierre dont vous m'avez parlé, il en est où ? Les Chartrons, le dossier avance ? Vous pensez à moi, n'est-ce pas... ? Oui, c'est moi, Tricotet.

Il fallut monter une nouvelle équipe sur Bordeaux. Guibet avait bien avancé. Trois immeubles faisaient l'objet d'un précontrat. La société comptait désormais quinze personnes : sept à Paris, huit à Bordeaux.

Pour réussir, il faut user de son charme mais, en général, cela s'avère insuffisant. Il faut aussi inspirer confiance. On se méfie des bonimenteurs, des baratineurs, des camelots. Tenir ses engagements et sa parole, respecter délais et échéances, ne jamais renier ses dires et encore moins ses écrits, voilà les clés de la réussite.

Jean-René Malési avait découvert intuitivement ces clés. Alors un sourire échangé valait toutes les démonstrations ou tous les discours. On savait ce qu'il voulait dire et on connaissait la réponse : banco, monsieur Malési, topons là !

Au fil des années, la réputation se bâtit et rend les choses plus faciles. Dans le monde de l'immobilier, des banques et des entreprises de BTP, on savait avec qui on traitait. La signature HJR Conseil était appréciée.

Ce charme mis au service de son entreprise, il fallait bien qu'il serve un jour à sa vie privée.

C'est ce qui arriva au début de l'année 1977.

- 13 -

— Mais, enfin, Jean-René, on ne peut pas tout faire en même temps ! Nous avons sept chantiers menés de front à Bordeaux et à Paris, il faut se calmer !

— Avec seize collaborateurs, Henri. Songe à ce que l'on pourrait faire en doublant les effectifs !

— À supposer. Où trouver de nouveaux investisseurs ?

—À quoi cela sert que la France ait possédé un immense empire colonial ?

— Je ne te suis pas.

— En Afrique, l'économie est en partie dominée par des intérêts français, rien qu'en Côte d'Ivoire, au Sénégal, au Gabon, au Cameroun, au Burkina. Des expatriés gagnent bien leur vie, d'autres, les propriétaires de grosses affaires sont bourrés de thunes. Ils sont pour la plupart liés aux gouvernants de ces pays, lesquels ne manquent pas de liquidités, ni d'appétit pour les ristournes et autres commissions.

Rien qu'avec les pots-de-vin encaissés et les revenus des ressources naturelles qui vont directement dans leur poche, il y a des fortunes à récupérer. Quoi de plus judicieux pour eux que de mettre l'argent à l'abri dans de l'immobilier en France ? Je te dis, mon ami, les sommes doivent être colossales.

— Que penses-tu faire ?

— Faire la tournée des popotes africaines. Et tu verras, *ça va rouler !*

— Si je comprends bien, tu vas me laisser me dépatouiller avec les programmes en cours !

— Tâche d'en trouver d'autres, car je vais revenir avec les poches pleines et il faudra faire tourner la boutique ! Réfléchis aussi à recruter des nouveaux collaborateurs. Si tout va bien, dans un an, on aura triplé nos effectifs et doublé nos résultats.

— Tu pars quand ?

— Après-demain.

Jean-René Malési s'embarqua pour La Réunion afin d'obtenir les signatures attendues de plusieurs de ses contacts. De là, il avait envisagé de faire une escale à Bangui, l'ancien territoire français de l'Oubangui-Chari indépendant depuis 1958 et dirigé par le responsable du coup d'État de 1965, le colonel Bokassa, autoproclamé chef d'État puis président à vie, puis maréchal et enfin empereur de l'empire centrafricain. Avec le renversement de Bokassa en 1979, le pays n'a connu que de très courtes périodes de stabilité. Les coups d'état se sont succédé avec, par intermittence, des grandes réconciliations dont chacun se servait pour allier ses forces avant de reprendre les armes.

Quand Malési songe à se rendre à Bangui, le pays connait une période de stabilité forcée avec Sa Majesté Bokassa 1er. Il y a de l'argent qui circule, mais aussi des diamants et du pétrole. De quoi attirer les appétits d'États, de factions, d'aventuriers. On prend le pouvoir, on vide les caisses et on se prépare à faire front au prochain colonel soutenu par le Tchad ou l'un des nombreux pays qui bordent ce pays totalement enclavé.

Le Réunionnais a des amis dans l'entourage de l'empereur, et il veut profiter du calme relatif pour prospecter les riches expatriés qui grouillent dans la mouvance du chef d'État, ce nouveau père Ubu africain.

C'est ainsi que Jean-René se rend au guichet Air France de Saint-Denis pour prendre un billet pour Bangui. De là, il envisage de poursuivre son périple africain. On lui explique que ces liaisons sont assurées par UTA, Air France n'effectuant que quelques liaisons avec l'Afrique, les autres destinations étant l'affaire de UTA :

— Bon, si je comprends bien, je dois prendre mes billets au comptoir UTA.

— À moins que vous ne reveniez à Paris via Dakar. Le Sénégal, c'est nous.

Malési allait prendre congé de son interlocutrice quand il aperçut une jeune femme en uniforme AF qui s'approchait, et s'adressa à une collègue :

— On déjeune ensemble, Claire ?

— Ma pause est à 12 h 30.

— C'est parfait.

Jean-René tomba en arrêt devant cette petite jeune fille brune aux yeux rieurs et au visage d'angelot. Il ne put détacher son regard de cette apparition. Il venait de voir la Madone ! Une apparition, oui, c'était exactement cela : une apparition. Son regard obstinément fixé sur la jeune fille finit par intriguer les deux femmes.

— Et moi, je ne peux pas déjeuner avec vous ?

— Ce n'est pas possible, monsieur, c'est réservé au personnel de l'aéroport, il faut un badge d'accès.

— Bon, alors je vous invite toutes les deux à dîner chez Lolo, le meilleur porc boucané de l'île.

— Vous connaissez Lolo ?

— C'est un vieil ami, on a joué au foot ensemble.

— Je le connais très bien aussi, précisa la « madone », il s'est marié avec ma cousine !

— Alors c'est parfait. 19 h, on se retrouve directement sur place. Au fait, mademoiselle, votre prénom ?

— Sophia.

— Moi, c'est Jean-René.

Quand il ressortit du restaurant, Malési comprit qu'il venait de prendre un énorme choc à la tête : le coup de foudre. Sophia avait vingt-deux ans, lui venait d'en avoir trente. Visiblement, son charme avait agi. La jeune fille accepta qu'ils se revoient lors de son retour. Les plans venaient de changer : il ne rentrerait pas directement à Paris par Dakar, il reviendrait à La Réunion après son périple africain. Rendez-vous fut pris pour son retour prévu trois semaines plus tard.

Jean-René, même au plus fort de turbulences, ne perdait pas de vue ses objectifs. Il avait une tournée à faire. Ses relations, essentiellement des Réunionnais de la diaspora, lui avaient ménagé des rendez-vous ou fourni des adresses utiles. Bangui représenta la plaque tournante.

La concentration d'expatriés, de lobbyistes, d'agents d'affaires tantôt d'envergure, tantôt véreux, était particulièrement dense. À partir de cette base stratégique, autour d'un verre à la terrasse d'un hôtel UTH, on obtenait des noms, des adresses, des recommandations, pour Libreville, Brazzaville, Dakar, Lomé, Niamey, Yaoundé.... Ce n'était pas trois semaines qu'il eût fallu, mais deux mois pour exploiter le carnet d'adresses. Tous les anciens territoires de l'AOF et de l'AEF françaises, si l'on excepte la Guinée de Sékou Touré et le Bénin (ancien Dahomey), tous deux marxistes, avaient des antennes au pays de l'empereur et une succursale chez le président Bongo. Dans cette grande cacophonie africaine dirigée par la baguette du grand chef Foccart, puis de son bras droit Journiac, estimé par Giscard d'Estaing moins gaulliste que son chef, l'Élysée faisait et défaisait les présidents, les rois et les empereurs. Pour le monde des affaires et notamment le pétrolier Elf, c'était du pain béni. On s'aidait, on s'épaulait, on se renvoyait l'ascenseur et l'argent coulait aussi fort que les fleuves Niger, Congo et Volta réunis...

Malési avait vite compris que le peuple d'Afrique servait de chair à fusil au profit de petits caporaux s'autoproclamant chef de l'armée de libération de leur pays, pantins dont les ficelles étaient tirées à Paris, à Moscou, ou à Washington... Une affaire de ressources naturelles et de guerre froide entre les deux blocs.

Peu porté naturellement sur le jeu politique, ce qu'il apprit au cours de son périple le conforta sur la médiocrité, voire la nocivité de ce milieu. Pourtant, Jean-René n'oubliait pas les raisons de sa présence... il n'était pas dans ces pays pour le tourisme ou pour monter des réseaux d'influence, d'espionnage, ou de mafieux, mais pour récolter des investisseurs. Il avait assez de nez pour éviter de le mettre dans des affaires, sans doute lucratives, mais aux odeurs nauséabondes ou bien encore destinées à faire de vous un redevable à vie de services plus ou moins avouables. Malési s'aimait en homme libre et se rappelait les vers de Cyrano qu'il relisait le soir dans son lit, ces vers qui l'avaient tant marqué durant son séjour chez les tantes à Albi :

Grimper par ruse au lieu de s'élever par force ?
Dédier, comme tous ils le font,
Des vers aux financiers ? Se changer en bouffon
Dans l'espoir vil de voir, aux lèvres d'un ministre,
Naître un sourire, enfin, qui ne soit pas sinistre ?
Non, merci.
Puis, s'il advient d'un peu triompher, par hasard,

Ne pas être obligé d'en rien rendre à César,
Vis-à-vis de soi-même en garder le mérite,
Bref, dédaignant d'être le lierre parasite,
Lors même qu'on n'est pas le chêne ou le tilleul,
Ne pas monter bien haut, peut-être, mais tout seul !

Il partageait la philosophie du héros de Rostand mais n'entendait pas respecter la première partie de ce dernier vers car, lui, voulait monter haut, très haut même, mais, pareil à Cyrano, sans compromissions.

Les résultats de sa tournée ne le déçurent pas, même s'il eût pu effectuer une récolte nettement plus abondante. Il se contenta de traiter avec des gens respirant l'honnêteté. S'il avait accepté d'être moins regardant sur l'origine des fonds ou les contreparties douteuses, il lui aurait fallu le nouvel Airbus 300 pour ramener les contrats !

Pour l'heure, il quittait Libreville pour La Réunion, il avait un rendez-vous, un de ceux qu'on ne peut reporter : Sophia, du moins l'espérait-il, l'attendait...

- 14 -

La tempête emmena tout sur son passage. Avec pour nom un joli prénom féminin : Sophia.

Le dîner, fixé de longue date chez Lolo, en tête à tête cette fois, ne se passa pas du tout comme Malési l'avait imaginé. Il avait prévu plusieurs scénarii alternatifs, des phrases enthousiastes, des déclarations définitives sur l'avenir. Il avait demandé au patron d'en mettre plein les yeux et les papilles à son invitée.

La réalité fut tout autre : quelques phrases banales sur son périple africain, des silences, des petites gênes. Aucun des deux convives ne s'intéressa à ce qui se trouvait dans son assiette. On mangea lentement, à cuillères feutrées, juste un mot insignifiant ou conventionnel pour dire que c'était sans doute très bon. Mais les deux convives ne se quittèrent pas une seconde des yeux. C'est par là que le discours passait. Ils se tenaient du regard, de manière quasi hypnotique. Quand les choses se passent ainsi, le vocabulaire peut rester au vestiaire. Tout est dit, tout est avoué : ces deux-là ne se quitteraient plus.

Quand Jean-René prit la main de Sophia, ce ne fut que la formalisation d'une situation écrite depuis bientôt deux heures... Le malaise s'évanouit alors, les langues se délièrent, le ton devint badin. On était sûr de tout, et particulièrement du lendemain et des jours suivants.

Moins d'une semaine plus tard, Malési invita à nouveau la jeune fille :

— J'ai quelque chose d'important à te demander.

— C'est quoi ?

— Je te le dirai mardi.

— Très bien.

Ils se retrouvèrent dans une petite gargote de front de mer. Sophia, alors qu'ils sirotaient un ti-punch, demanda d'une voix amusée :

— Alors que voulais-tu me demander ?

— Ta main !

— Ah, ouf, j'avais peur que tu me demandes de coucher avec toi !

— Mais... c'est aussi cela...

— Oui, sans doute, mais dans le bon ordre.

— Alors ?

— En fait, je m'attendais à un ordre différent. Je n'ai rien préparé pour cette hypothèse, tu me prends de court.

— Je ne te bouscule pas. Tu as jusqu'à la fin du repas pour me répondre.

— Oui, cela vaut mieux, ma réponse pourrait te couper l'appétit !

— Ah, c'est peu encourageant. Je crois que je vais reprendre un ti-punch.

On leur servit la deuxième tournée. Sophia proposa :

— Alors, on trinque ?

— À quoi ?

— À notre mariage : j'accepte la proposition.

De retour à Paris, Malési résuma sa campagne d'Afrique à son associé.

— Du beau travail, Jean-René. Comme je ne doutais pas de ton expédition, j'ai anticipé. J'ai signé quatre promesses de vente, j'ai embauché cinq nouveaux collaborateurs, des jeunes qui en veulent : un plutôt versé dans les chiffres, un autre dans le commercial, le troisième est un bon informaticien et j'ai pris un jeune expert-comptable. Quant au cinquième, il a un peu plus de bouteille. Il suivait les chantiers chez Pellerin. C'est un ingénieur de formation.

— Alors, on va passer à la vitesse supérieure, Henri ! Ah, j'ai encore une information.

— Importante ?

— Plus que cela !

— Je suis tout ouïe.

— Je me marie dans trois semaines.

— Tu en ramènes, de drôles de trucs, de tes voyages ! Tu plaisantes, non ?

— C'est sérieux, Henri. Quand tu l'auras vue, tu comprendras...

La famille Malési trouva ce mariage précipité. Le père, toujours aussi autoritaire, n'apprécia pas que son fils n'ait pas respecté le chemin du Tendre ni les usages. La présentation de l'impétrante à la famille d'abord, la bénédiction parentale ensuite, les fiançailles comme il se doit et enfin le mariage.

Pour une fois, le père Malési dut capituler. Le fils avait réussi, rien ne semblait l'arrêter, un véritable rouleau compresseur. Le géniteur n'avait fréquenté les bancs de l'école que jusqu'à la cinquième et avait dû apprendre la mécanique comme arpète chez un garagiste atrabilaire, que pouvait-il, maintenant, exiger d'un fils qui avait réussi bien au-delà de toutes les espérances et auquel la conjoncture astrale semblait sourire avec un alignement de planètes obstinément favorable.

On dut composer et accepter l'inévitable. En bon stratège, Jean-René avait d'abord évoqué un mariage à Paris. Il savait la chose impossible.

C'était inacceptable pour les parents. Il fit preuve de diplomatie en acceptant l'immense concession de se marier à Saint-Denis. Ouf, on avait échappé au pire, on pourrait faire de belles noces au pays !

Dès lors, la négociation fut plus facile...

Jean-René accepta tous les invités que souhaitaient réunir les parents. Il leur alloua un large budget et leur fit l'honneur de les laisser organiser la cérémonie à leur guise.

À Saint-Denis, on ne plaisantait plus sur le compte de l'aîné des Malési, le prétentieux avait justifié sa prétention. Fini de *moucater* [14]sur son compte. Les *ladi lafé*[15] relevaient d'un passé révolu.

Curieusement, le mariage constitua plus le triomphe des parents Malési que celui de leur fils. La centaine d'invités rendit hommage à cette famille nombreuse de travailleurs qui avait su offrir un avenir à leur rejeton. Quelques proches, plus lucides ou plus au fait des affaires de la famille, avaient compris que le seul mérite des parents tenait aux valeurs morales et religieuses inculquées aux enfants, le reste étant dû à l'obstination et au seul mérite de l'aîné.

---

[14] Se moquer

[15] Commérages

De retour en métropole, on ne resta plus très longtemps à Bordeaux. Les opérations à haute valeur ajoutée s'amenuisaient. Il fallait trouver un nouveau terrain de jeu. Malési et Henri Guibet tombèrent vite d'accord. Si on voulait profiter de la manne financière disponible, il convenait d'abandonner la capitale de l'Aquitaine pour développer les affaires parisiennes. On prit un étage supplémentaire boulevard Haussmann et on lança les équipes sur les dossiers des quartiers sous sauvegarde.

C'est là que Jean-René Malési trouva son épanouissement. Le patrimoine architectural de la capitale était considérable. Les immeubles des seizième et dix-septième siècles pullulaient notamment dans le quartier du Marais. Personne ne songeait à rénover ces magnifiques édifices. Le chantier était énorme. Malési y vit l'opportunité de mêler l'art et les affaires. Depuis sa rencontre avec Luce Cortanze, il avait poursuivi son éducation en se lançant dans l'histoire de l'architecture, et particulièrement celle de Paris et de ses heures de gloire sous la royauté. Il était frappé par la continuité des principes directeurs au fil des ans et même des siècles, quelque soient les gouvernants et les régimes.

C'est ainsi que put être maintenue la perspective obtenue depuis la cour du Louvre, en passant par l'arc de triomphe du Carrousel, la place de la Concorde, l'avenue des Champs-Élysées, l'Arc de Triomphe place de l'Étoile, l'avenue de la Grande-Armée , perspective qui devait se poursuivre plus tard avec la Grande Arche de la Défense. Une perspective unique qui s'étend sur près de dix kilomètres.

Jean-René Malési avait été frappé par cette continuité de pensée à travers les siècles et les régimes, c'était un de points positifs du système centralisé du pays, une des satisfactions posthumes de Philippe IV le Bel, le fondateur du centralisme français.

Jean-René Malési reprit les dossiers de ses collaborateurs un par un et se fixa un ordre de priorité. Il s'intéressa à des immeubles proches de la place des Vosges, notamment des hôtels particuliers en bien triste état de la rue de la Perle et de la rue de Turenne.

Sa vision de la rénovation de ces constructions, s'étalant du seizième au début du dix-neuvième siècle, fut favorablement reçue par ses interlocuteurs : élus municipaux, administration des bâtiments de France, ministère de la Culture ainsi que par les nouvelles entités décentralisées par André Malraux, la Direction Régionale des Affaires Culturelles, connue sous l'acronyme de DRAC.

Outre les avantages fiscaux déterminants accordés par sa loi, Malraux avait sauvé le patrimoine français en prenant des séries de mesures pour sa protection. Désormais, on ne pouvait plus toucher à une pierre dans les périmètres de sauvegarde sans l'autorisation et le contrôle de l'administration mise en place.

Cette vision était partagée par Malési. Il n'entendait pas simplement faire de l'argent, mais participer au sauvetage de notre patrimoine artistique. Une telle approche ne pouvait que recevoir un écho favorable de ses interlocuteurs. Mais il existait, bien évidemment, un revers à la médaille : le temps. Chaque partie prenait le sien. On se « couvrait », on sollicitait des avis d'experts, on organisait des navettes avec les bâtiments de France, on convoquait les intervenants pour des séances de palabres interminables, on convenait de se revoir. Cette continuité dans la pensée urbanistique et architecturale, malgré des apports, témoins et fruits de leur époque, devait permettre de faire naître la Pyramide du Louvre et l'Arche de la Défense au vingtième siècle, inscrites toutes deux dans une perspective sauvegardée. Malési y était d'autant plus sensible que les successeurs de Malraux prirent place dans son fauteuil pour des périodes très courtes, le poste constituant une variable d'ajustement de ministères au dosage politique complexe, même s'ils appartenaient tous à la mouvance de droite. Ces locataires parfois éphémères ne remirent pas en cause les grandes réformes de Malraux, à la grande satisfaction de Jean-René Malési.

Désormais marié, bientôt père d'un premier enfant, le Réunionnais ne fit que le minimum de concessions à la vie familiale, rongé qu'il était par sa deuxième passion : son aventure professionnelle.

Il enchaîna les réalisations. C'est ainsi qu'il réhabilita un superbe immeuble de la rue de Braque en plein Marais, opération suivie de beaucoup d'autres. Il achetait, rénovait, revendait, parfois avec regret, tel cet hôtel particulier, véritable joyau avec son plafond tout en bois et en faïence réalisé dans les années 1650 et rénové par un compagnon du Tour de France. Tout réussissait alors au fils du garagiste de Saint-Denis. L'entreprise prospérait, mais cela était encore insuffisant aux yeux de ce travailleur boulimique. C'est alors qu'il rencontra Laurent Christo.

Ce petit homme joufflu comme un bébé et à la tête frisée comme un mouton, était un *self-made man*, comme lui, à la différence qu'il avait un père grand courtier d'assurance qui lui légua son cabinet.

Comme l'intéressé possédait un tempérament de conquistador des affaires, tout comme Malési, il développa le cabinet puis créa une compagnie d'assurances vie. Modeste en ses débuts, elle finit par se faire un trou dans ce milieu pourtant verrouillé par les grandes entreprises cotées en Bourse. Jean-René Malési avait fait, deux ans auparavant, la connaissance d'un directeur d'une caisse du Crédit Agricole, Gilles Le Lion, au cours de ses pérégrinations en Vendée et en Bretagne. C'était l'époque où le Réunionnais s'intéressait à des villes de tourisme estival et notamment à La Baule, au Crouesty et à la presqu'île d'Arzon. Les deux hommes avaient sympathisé et beaucoup échangé sur les prêts immobiliers. C'est par lui que Malési comprit le montage des assurances des prêts immobiliers et les lacunes de la réglementation qui laissaient le champ libre à des pratiques contestables. Il questionna beaucoup et engrangea des informations dont il ne savait pas trop que faire dans l'immédiat mais qui pourraient lui servir un jour.

Ce jour arriva quand il fit la connaissance de Laurent Christo :

— La difficulté, mon cher ami, c'est de pouvoir pénétrer le marché fermé du Crédit Agricole. Ils sont les premiers sur les prêts à la construction, mais leurs assurances sont placées dans leur filiale commune. La Caisse nationale oblige les caisses régionales à s'assurer auprès de la CNP car c'est la Caisse-nat qui a souscrit l'accord de groupe.

— J'ai peut-être une information qui pourrait vous intéresser, cher monsieur. Savez-vous qui empoche la participation bénéficiaire des contrats des caisses régionales ?

— Non.

— C'est la Caisse nationale ! Les caisses régionales ne touchent pas un centime de cette ristourne. Je me suis intéressé au problème et j'ai lu les textes applicables. J'ai noté l'essentiel sur un petit pense-bête. Je vous lis l'extrait que vous connaissez forcément :

— l'article L.331-3 du Code des assurances dispose :

« Les entreprises d'assurance sur la vie ou de capitalisation doivent faire participer les assurés aux bénéfices techniques et financiers qu'elles réalisent, dans les conditions fixées par arrêté du ministre de l'économie et des finances ».

— Oui, je connais la législation.

— Résumons : les assurances vie des emprunteurs pour les prêts immobiliers sont excédentaires par nature puisque les taux de prime sont volontairement surévalués. On fait chaque année le calcul des primes encaissées et des sinistres réglés. La différence représente la participation bénéficiaire. La loi a prévu de faire bénéficier les assurés de ce résultat qui doit donc leur être reversé. Et quelle est la réalité ?

— Différente, je sais. Les participations bénéficiaires sont versées par les compagnies d'assurances vie aux banques prêteuses qui se gardent bien de les reverser à leurs clients.

— Exact. Mais, et c'est là que c'est intéressant, dans le cas du Crédit Agricole, les prêts sont faits par les caisses régionales mais c'est la Caisse nationale qui touche le magot. Pas un fifrelin pour elles, cela m'a été confirmé par le directeur d'une caisse bretonne ! Ce sont des dizaines de millions qui leur passent sous le nez.

— Je vois où vous voulez en venir... mais croyez-vous que les caisses régionales vont pouvoir faire sécession ?

— Il en suffit d'une. Les autres, quand l'information filtrera, n'hésiteront pas à changer d'assureur.

— Rien ne les oblige en effet à passer par la CNP.

— Oui, et c'est bien là la faille dans laquelle il faut s'engouffrer.

— Comment voyez-vous la chose ?

— Vous créez une filiale spécialisée à 50/50 avec moi. Cette filiale se spécialise dans les prêts immobiliers et les actifs qui garantissent la solvabilité de la compagnie. L'argent des primes sert à l'acquisition d'immeubles qui garantiront eux-mêmes les prêts. Nous versons la moitié des participations bénéficiaires aux caisses régionales qui nous auront rejoints et nous gardons le reste pour financer nos opérations de promotion ou de réhabilitations tout en conservant le patrimoine qui sera mis en location. Vous vous occupez de la partie assurance, moi je vous amorce la pompe avec deux ou trois caisses régionales et je me charge de la partie immobilière. Qu'en pensez-vous ?

— Cela me semble une excellente idée.

- 15 -

— Alors, Jean-René, tu en es ?

— Évidemment !

— J'amène aussi mon copain Patrick Préjean. Mais il va nous falloir quelques pointures pour ne pas être ridicules, même s'il s'agit de matchs de gala pour les bonnes œuvres. J'ai déjà l'accord de Ginola, Joël Bats, Daniel Bravo. C'est la relève. Il faut remplacer nos anciennes gloires comme Maurice Biraud, Brasseur, Belmondo et Drucker... Des acteurs et des gens du show-biz c'est bien, mais des anciens professionnels du ballon, ce serait mieux !

— Comment s'organise-t-on ?

— Tu t'occupes de trouver de nouvelles recrues, et moi je me charge de gérer cette équipe des Polymusclés.

Bernard Ménez prit son rôle très au sérieux et devint le président de l'association. Jean-René Malési se chargea de la direction administrative et de fournir les équipements des joueurs qui portèrent dorénavant le maillot siglé *HJR Conseil*. Lors de sa création, l'association avait réuni de grands noms du monde des arts, de la culture, du journalisme ou encore du sport : Robert Chapatte, Luis Fernandez, Sacha Distel, Michel Hidalgo, Roger Bastide, Charles Gérard, le complice de Bébel…

Lors des matchs contre des équipes professionnelles, les troisièmes mi-temps n'étaient pas tristes. Bernard Ménez, Patrick Préjean et un des fils du clown Achille Zavatta se chargeaient de faire monter l'ambiance. On œuvrait pour la bonne cause, notamment l'enfance inadaptée, mais on se faisait aussi des petits délires entre copains.

Malési prit, lui aussi, son rôle très au sérieux et accorda tout son soutien à l'association. C'était aussi sa façon de garder le contact avec son sport de prédilection. Craignant l'accident et ne pouvant se permettre de potentielles immobilisations dues à des fractures ou autres blessures musculaires, il avait rangé les crampons, mais demeurait un supporter inconditionnel des grandes affiches et des coude à coude entre Saint-Étienne, Marseille et Nantes. Il avait sa place au Parc des Princes pour les finales de

Coupe de France, enceinte qui succédait avantageusement au vieux stade de Colombes.

Les matchs de football constituaient un lien avec sa jeunesse. Assister à ceux des Polymusclés ou du PSG, c'était une manière de prolonger son enfance à Saint-Denis de La Réunion. Ses proches avaient du mal à comprendre pourquoi le ballon rond abolissait les milliers de kilomètres et faisait chanter sa mémoire en remontant à la surface un passé pourtant sans éclat.

De cette enfance, il ne gardait comme souvenir que ces parties endiablées où l'on courait tous vers la balle. Le reste sifflotait dans sa tête, mais en sourdine. Bien sûr, il y avait aussi l'école communale, le collège puis le lycée. Que des lambeaux de souvenirs ennuyeux ou douloureux.

L'enseignement, il l'avait peu fréquenté, et les livres, ils ne les avaient ouverts que grâce à sa belle journaliste. Maintenant que le temps s'était écoulé et qu'il avait trouvé la femme de sa vie, maintenant qu'on le traitait avec respect et parfois obséquiosité, il pouvait reconnaître à Luce Cortanze, sans acrimonie ni amertume, l'importance qu'il lui devait.

Il est plus facile de brûler ce que l'on a adoré et de jeter une tranche de vie à la corbeille de l'histoire, quand le souvenir vous pèse. Malési n'en avait ni le tempérament ni l'envie. Ce qui faisait partie de lui, grandeur ou décadence, il tenait à le conserver comme un tout indissociable. Même les épreuves, les rebuffades, les humiliations, il ne cherchait pas à les enterrer. Il avait fait sienne la phrase de Nietzsche : *Ce qui ne me tue pas me rend plus fort*. Mais il ne s'agissait pas pour lui d'une simple résilience au mal ou aux événements contraires, mais d'une force puisée dans les soubresauts du *fatum*. C'est pourquoi elle était inséparable chez lui d'une autre maxime, chère à Nelson Mandela : « *Je ne perds jamais. Soit je gagne, soit j'apprends.* »

C'est la combinaison de ces deux assertions qui ont forgé le tempérament de Jean-René Malési. Comme pour son approche du monde des affaires, il avait décidé d'adopter peu de règles mais de s'en tenir à quelques-unes, choisies avec soin et marquées par le bon sens.

Cette manière de se comporter déroutait souvent ses interlocuteurs et en particulier ses adversaires ou concurrents. Il prenait des coups mais s'en relevait aussitôt. Pour ses contempteurs, cette attitude provoquait l'agacement. Là où on l'imaginait en train de se noyer sous un flot de tribulations, il rejaillissait tel un pantin mu par un puissant ressort. Il se plaisait d'ailleurs à reprendre le titre de l'album de Michel Polnareff qui venait de sortir et clamait à sa suite : « *Coucou me revoilou* ! »

L'amateur de football savait mêler l'utile et l'agréable. Il proposait à l'occasion à l'un des Polymusclés, un investissement :

— Tu vas voir, ami Bernard, ce sera l'affaire de l'année !

— Combien de temps, les travaux ?

— Treize mois. Après il faut garder en location, c'est la loi. Si tu peux te le permettre, garde l'immeuble après la fin du bail, ce sera le jackpot, vu la situation...

Ses amis du ballon rond appréciaient cet homme à la gestion rigoureuse et à l'enthousiasme communicatif qui, à l'occasion, « les mettait sur un bon coup ». Le développement de ses affaires finit par limiter son rôle et sa présence parmi les Polymusclés. Il demeurait pourtant le principal pourvoyeur de fonds de l'association.

Le développement avec son associé Laurent Christo dépassait les prévisions les plus optimistes. Plus d'une dizaine de caisses régionales avaient fait sécession pour rejoindre leur société commune, A.P.I *Assurance Prêts Immobiliers*.

Cette nouvelle structure bénéficia des agréments de la commission de contrôle des assurances, de même que la filiale d'investissements immobiliers destinée à garantir les assurés pour les engagements de la compagnie. L'argent rentrait grâce à la soudaine passion des Français pour la propriété de leur maison ou appartement. Les taux d'emprunt demeuraient raisonnables et l'inflation venait à l'aide des candidats à la propriété puisque les salaires suivaient l'évolution des prix.

Malési n'avait pas abandonné pour autant son activité traditionnelle de marchand de biens. Cela se faisait au détriment de sa vie de famille. Sa femme effectuait de fréquents déplacements dans le monde du fait de ses nouvelles fonctions à la Compagnie aérienne, et le Réunionnais l'accompagnait bien moins souvent qu'il ne l'eût souhaité. Sa curiosité pour les contrées inconnues, notamment les civilisations orientales ou asiatiques, aurait pu faire de lui un globe-trotter si le virus des affaires ne l'avait pas contraint à la modération dans ses voyages. Il enrageait que les journées n'aient que vingt-quatre heures.

La faiblesse de Jean-René Malési tenait à son incapacité à déléguer. Il faisait partie de ces capitaines d'industrie qui veulent tout connaître, tout savoir, tout décider. Ce refus de s'appuyer sur des cadres confirmés constituait une perte colossale de temps.

Son associé dans les assurances avait le même profil et partageait la même approche. Il voulait tout contrôler. La similitude des deux hommes ne s'arrêtait pas là. Christo n'avait pas fait d'études supérieures et Malési, tout en ayant fréquenté l'université, n'en avait ramené qu'un maigre bagage. Les deux hommes avaient gagné leurs galons sur le tas. La différence entre eux tenait au parcours professionnel de leurs débuts. Malési sortait du garage familial et ne devait qu'à lui-même ses premiers succès, Christo, de son côté, avait hérité de son père une petite compagnie d'assurances et un gros cabinet de courtage qu'il avait su, à son grand mérite, développer. Fils unique, il avait ce côté enfant gâté si fréquent en pareil cas. Malési, aîné d'une famille de dix enfants ignorait le terme même de « gâter ». Cette différence dans leurs origines ne se ressentait pas trop car ils partageaient une ambition démesurée plus démonstrative chez Christo et plus discrète chez Malési.

Leur alliance donna des résultats si positifs que la Caisse agricole commença à s'inquiéter. Roudoux, le président, fit savoir qu'il n'appréciait pas le braconnage du duo sur ses terres. Il délégua à un ancien ministre désormais appointé par lui pour son carnet d'adresses, la tâche de faire entendre raison aux francs-tireurs.

Le parcours de Roudoux aurait dû rapprocher ces trois hommes. Sorti du rang, il n'avait pas fréquenté les grandes écoles et ne possédait pas de diplômes ronflants. Homme de terrain, ancien du monde syndicaliste chrétien, il avait gravi tous les échelons. Son ego n'était pas démesuré et il ne voyait que l'intérêt de sa banque pour laquelle, en revanche, il avait les plus grandes ambitions. Le monde politique et le monde des affaires voyaient en lui une exception, un cas intéressant qui intriguait, mais suscitait un respect certain. Bien sûr, s'il avait commis un faux pas, *l'establishment* serait tombé sur lui et aurait chassé l'intrus du sérail. Mais Roudoux accumulait les succès. Sa banque lorgnait de grandes institutions bancaires en manque de stratégie ou en surabondance d'imprudences.

L'entrevue avec l'envoyé de la Caisse fut tendue. L'ancien ministre se montra d'abord condescendant, puis cassant et enfin menaçant :

— Vous ne croyez tout de même pas que l'on va vous laisser piller tranquillement le fonds de commerce de la Caisse ?

— Nous ne faisons qu'appliquer les règles de la concurrence, se permit d'observer Malési.

— Mais, enfin, monsieur, les caisses régionales sont dans le giron de la Caisse nationale, c'est en termes familiers une... chasse gardée.

— Nous adorons braconner, monsieur le ministre.

— Cela peut vous coûter cher...

— Pour l'instant, cela nous rapporte et les caisses régionales sont ravies de leur côté de toucher, enfin, la plus grosse partie de la participation bénéficiaire.

— Vous ne savez pas à qui vous vous attaquez ! Réfléchissez. Monsieur Roudoux vous propose un *gentleman-agreement* : vous résiliez à l'amiable les contrats en cours, on vous paie une indemnité basée sur cinq ans de votre quote-part de participation bénéficiaire. Ceci vaut pour toutes les caisses qui vous ont rejoints.

— Cela mérite réflexion, avança Christo.

— Alors, revoyons-nous en fin de mois.

On se sépara. Les deux associés dès le départ de leur interlocuteur se lancèrent dans une vive discussion. Christo ne voulait rien entendre.

— On ne va pas baisser notre pantalon comme cela !

— On perdra la bataille.

— Donc vous suggérez d'accepter l'offre financière ?

— Je n'ai pas dit cela.

— Mais alors ?

— Ce n'est pas contre la Caisse que l'on va se battre mais contre tout *l'establishment*. On nous considère comme des intrus, des parvenus. L'État de son côté n'a pas intérêt à voir les banques perdre cette manne financière de la participation bénéficiaire. Si on déclenche le scandale, nous serons seuls contre tous.

— Que suggérez-vous ?

— Prenez un partenaire dans votre compagnie d'assurances vie.

— Quoi ? Je devrais composer avec un actionnaire alors que depuis l'origine, la famille a toujours détenu directement ou indirectement 100% du capital !

— Cédez la minorité de blocage. Vous aurez pléthore de candidats, groupes financiers ou fonds d'investissement. Et, là, croyez-moi, on y réfléchira à deux fois avant de vous déclarer la guerre.

— Ce que vous suggérez est inacceptable. C'est une question de principe. Je ne transigerai pas.

— Réfléchissez, Laurent, on en reparle plus tard.

- 16 -

La famille Malési s'était agrandie. Les deux enfants ne voyaient pas souvent leur père, trop absorbé par ses affaires. Il lui fallait diriger plus d'une centaine de personnes dans sa société de promotion, et suivre les opérations immobilières de la filiale commune avec Laurent Christo qui, elle aussi, se développait et nécessitait une débauche d'énergie et de temps.

Les jours passaient et semblaient donner raison à Christo : la Caisse agricole se contentait de jouer les matamores en faisant des moulinets de bras. Mais du côté Roudoux, on ne se résignait pas. C'est ainsi qu'un jeune énarque appartenant au cabinet du ministre de l'Intérieur convoqua Malési. Il devait être question du projet de prise de participation majoritaire dans le casino de La Baule par un consortium animé par Malési. L'ordre du jour fut vite expédié et l'interlocuteur du Réunionnais aiguilla la conversation sur les assurances des prêts immobiliers.

Le businessman comprit que le casino n'était qu'un prétexte et qu'il ne devait se faire aucune illusion sur le soutien ministériel pour ce projet. Lui qui n'avait qu'une estime limitée pour les hommes politiques se trouva conforté dans sa méfiance envers ce milieu. Il fut pourtant désarçonné quand l'énarque lui fit comprendre qu'en se retirant des affaires de Christo, il aurait la reconnaissance du gouvernement, marquée d'emblée par une remise de Légion d'honneur lors de la promotion du 14-Juillet prise sur le quota du ministère de l'Intérieur.

Jean-René Malési était sensible, comme bien des hommes et des femmes, aux honneurs. Il eût apprécié cette distinction si on n'en avait pas fait en haut lieu un objet de marchandage. Cela ressemblait à un pot-de-vin, et il en voulut à son interlocuteur ainsi qu'à ses commanditaires de penser qu'on pouvait l'acheter avec une breloque, si prestigieuse fût-elle. Il estimait sa valeur bien supérieure à ce bout de ruban. Il connaissait nombre de ses pairs dans les affaires qui pratiquaient la danse de Saint-Guy pour obtenir le ruban rouge ou à défaut le bleu du Mérite national. L'une de ses relations, grand patron dans l'hôtellerie, intriguait depuis près de quinze ans pour obtenir les rubans en tous genres.

Il était parvenu jusqu'au grade de Commandeur tout en ayant glané au passage ceux de l'Ordre national du Mérite avec les Palmes académiques en prime pour la création de son académie de formation. Malési, avec beaucoup de malice, lui avait dit un jour : « Mais enfin, Gérard, quand aurez-vous le Mérite agricole ? Cela manque à votre tableau ». Depuis ce jour, les relations entre les deux hommes avaient pris un coup de froid.

C'est vrai que Malési avait peu d'appétence pour ces personnages en quête de reconnaissance par le truchement de ces babioles et les comparait souvent à ces généraux russes bardés de croix et de rubans en tous genres qui paradent sur la place Rouge.

S'il prit assez mal l'ambassade qu'on lui avait envoyée, il ne put s'empêcher de réfléchir à la situation. Roudoux avait tenté une dernière démarche, il s'attendait à une suite moins diplomatique.

Les affaires prospéraient. Malési ressentait un vertige en considérant son nouveau train de vie : sa Testarossa, la plus prestigieuse des Ferrari, ses trois Rolls, son bateau, son appartement de prestige, et les voyages ou croisières pour *happy few*. Il avait besoin de ces signes extérieurs de richesse, comme une revanche sur la vie.

Cela exhalait aussi des remugles de nouveau riche. Ces caprices étaient sans doute préférables aux dérives visant à obtenir du pouvoir en se compromettant avec les politiques. Il y avait alors tant de gens qui, à défaut de se payer une Ferrari, achetaient le député du coin ou un ministre impécunieux. Des politiciens de métier, de leur côté, n'hésitaient pas à solliciter cadeaux, enveloppes, avantages en nature, prise en charge de frais de ces nouveaux *monsieur Jourdain*.

Malési, sans doute du fait de sa morale et de sa lecture du Nouveau Testament, se contentait de signes extérieurs de richesse en se rappelant alors avec une émotion et une fierté bien légitime son parcours de petit gars de La Réunion parti du garage familial à l'aventure. Et quelle aventure !

Sa femme trouvait que ce mari, par ailleurs irréprochable, travaillait trop, beaucoup trop. Elle fit en sorte qu'il prît un peu de repos et lui suggéra des vacances à l'île Maurice. Enfin, le couple allait pouvoir faire relâche sur cette terre bénie des dieux et paisible, en dépit de la diversité des races et des religions qui coexistaient alors en parfaite harmonie.

Malési n'eut guère le temps de profiter des siestes à l'ombre des cocotiers. Les cocktails au bord de la piscine, les séances de farniente sur la plage lui parurent des pertes de temps. Il y avait trop d'opportunités sur cette île. Les projets se bousculèrent dans sa tête. Il passa la plus grande partie de son séjour à... téléphoner et à prendre des contacts, au grand dam de sa femme qui barbotait le plus souvent seule dans l'océan ou dans la piscine de l'hôtel.

La convivialité naturelle et l'empathie de Malési facilitaient les rencontres.

On parlait plus souvent de loi Malraux, de taux d'intérêts, de promotions immobilières, de retour sur investissement que des coutumes locales ou des curiosités touristiques de l'île.

Au retour de ce voyage, le beau soleil de l'océan Indien laissa la place à des nuages peu agréables : Christo lui apprit que la Commission de contrôle des assurances allait lancer un audit général sur le fonctionnement de ses sociétés.

Ainsi, les adversaires de l'assureur avaient déclenché les grandes manœuvres :

— Je n'ai rien à me reprocher, Jean-René, les procédures sont parfaitement respectées et je suis en parfaite ligne avec le Code des assurances.

— N'oubliez pas pourtant le proverbe : quand on veut noyer son chien, on dit qu'il a la gale ! Ils trouveront bien de quoi vous compliquer, pour le moins, la vie. Je vous en prie, réfléchissez, mettez-vous à l'abri en prenant un actionnaire de référence.

— Je vous ai déjà fait part de mon avis à ce sujet. J'entends rester seul maître chez moi.

— Un actionnaire minoritaire n'a jamais empêché de gérer une affaire familiale et souvenez-vous de l'adage : petit minoritaire, petit con, grand minoritaire, grand con.

Un contrôleur de la Commission, flanqué de deux collaborateurs, débarqua au siège du groupe de Laurent Christo. Pour Malési, tout était téléguidé par Roudoux et ses affidés. Il commença à réfléchir aux conséquences de cette vérification des règles et ratios de solvabilité. Son partenaire avait eu tort de ne pas suivre ses conseils. Celui-ci était désormais seul à faire face à ses ennemis et si, d'aventure, on trouvait le moindre point de faiblesse, c'est à coup de bazooka que la Commission frapperait. Il devenait urgent de prendre les devants. Leur filiale foncière commune avait prospéré et sa valeur avait quadruplé.

Les liens qui l'unissaient au groupe d'assurances ne la mettaient pourtant pas à l'abri de dommages collatéraux en cas de développements négatifs de l'audit de la Commission. Il se résolut à plaider à nouveau pour l'entrée d'un institutionnel au capital de la holding de Christo.

— Faites vite, Laurent, si les contrôleurs trouvent quelque chose, ils vont vous mener la vie dure. Vous êtes parti pour des mois et des mois de vérifications. Si on a débarqué chez vous sans crier gare et sans motif, c'est bien qu'il s'agit d'une opération politique.

— Je n'ai rien à me reprocher, je ne céderai pas à ce type de chantage et ne prendrai pas d'associés minoritaires.

— Vous avez tort, mais c'est avant tout votre problème. Nous avons sur ce point une divergence stratégique, mais je ne suis pas directement concerné, sauf à protéger mes intérêts dans la foncière commune et continuer les opérations de promotion immobilière en cours pour son compte.

— Si je comprends bien, vous souhaitez quitter le navire ?

— Je n'ai pas l'habitude de laisser mes partenaires au milieu du gué. Mais je n'ai pas pour habitude non plus d'attendre que le ciel me tombe sur la tête sans tenter d'anticiper ou de me mettre à l'abri. Donc, pour être clair, oui, je suis vendeur de ma participation dans notre foncière.

— Dans ce cas, je redeviendrai libre de confier les opérations de promotion à qui je veux.

— Cela me semble normal.

— Et pour le prix ?

— D'après mes services comptables, la valeur serait de cent vingt millions de francs. Mais je ne cherche pas à tirer le profit maximum de cette opération dans les circonstances actuelles. C'est pourquoi je suis prêt à céder mes actions sur la base de cent millions pour cent pour cent du capital, soit cinquante millions pour ma participation.

— Je vais y réfléchir.

Alors que Laurent Christo se débattait avec la Commission de contrôle, Malési, sentant de gros nuages s'annoncer, modifiait sa stratégie sur ses autres affaires. Jusqu'à présent, l'essentiel de ses activités reposait sur la loi Malraux qui accordait des avantages fiscaux considérables aux investisseurs pour la rénovation des immeubles des secteurs sauvegardés de Paris et des grandes villes. Il se murmurait que le gouvernement allait modifier la loi qui rendrait de telles opérations beaucoup moins attrayantes.

La qualité première de Jean-René Malési résidait dans son sens de l'anticipation. Depuis quatre ans, il avait diversifié ses opérations et s'était lancé à la conquête de nouveaux marchés. Au sein de son entreprise, il avait créé une branche consacrée au meublé professionnel, une autre aux résidences hôtelières et une troisième aux parkings de centre-ville. Il hésita à se lancer dans la bataille du quartier de La Défense, chasse gardée d'un autre magnat de l'immobilier : Christian Pellerin.

Plutôt que d'aller braconner sur les terres de Nanterre, Courbevoie ou Puteaux et de chercher à rivaliser avec les grosses cylindrées de la promotion immobilière, il décida sagement de rester sur ses créneaux en profitant du fait que les professionnels se polarisaient sur l'EPAD. Cela dégageait l'horizon sur Paris intramuros.

On se disputait la Défense comme des chiens courants la dépouille d'un cerf, pendant que lui, le Réunionnais, mangeait sans goinfrerie mais à satiété sa gamelle, plus modeste mais bien remplie.

Pour réussir, ne cessait-il de répéter, il faut du courage, du nez, posséder le sens de l'anticipation et connaître ses limites.

Jean-René Malési avait su tirer de la loi Malraux tous les avantages qu'elle autorisait. Les investissements immobiliers dans les secteurs sauvegardés généraient de fabuleuses économies d'impôts pour les particuliers disposant de liquidités et payant de lourds tributs au titre de l'IRPP.

Certains n'hésitaient pas à emprunter pour bénéficier de ces opportunités. Malési, avec sa baguette de chef d'orchestre, avait drainé des dizaines d'investisseurs et multiplié les opérations de rénovation. Malheureusement, la source commençait à se tarir. Les sites les plus prometteurs se raréfiaient. Il fallait penser à l'avenir.

Le don d'anticipation de Malési l'avait conduit à s'intéresser à une autre niche fiscale, celle des investissements dans les DOM-TOM.

La loi Pons permettait aux contribuables qui investissaient dans les DOM-TOM dans des opérations de construction ou dans le capital de sociétés de développement, de bénéficier d'une réduction d'impôts de 50%. On se rua sur ces opérations.

Les plus malins, notamment les grands groupes hôteliers, montaient des hôtels en SNC. Les particuliers qui souscrivaient à leur capital pouvaient déduire en outre une quote-part des pertes de l'hôtel, ce qui était la règle durant les quatre ou cinq premières années. Pour éviter de devoir déclarer des résultats positifs après ce délai sans pour autant toucher des dividendes, il était prévu que les chaînes hôtelières rachèteraient les parts à leur valeur nominale à la quatrième année. Le particulier engrangeait les pertes à déduire et sortait de l'opération quand l'hôtel passait en résultats positifs sans toutefois pouvoir distribuer de dividendes, faute de trésorerie suffisante.

En haut lieu, on prit conscience de ces largesses et des abus. La poule aux œufs d'or fut largement amputée après le rapport parlementaire d'Alain Richard qui institua la procédure d'agrément préalable. La loi Pons avait donné des résultats inattendus. À Saint-Martin, notamment, on était passé grâce à la loi, de 800 chambres à 3 500 en moins de six ans !

Ce n'était pas seulement la poule qui était passée à la casserole, mais une page qui se tournait, la fin de l'âge d'or... Le coup de frein sur les investissements dans les DOM-TOM n'était en effet rien à côté de la tempête qui allait s'abattre sur l'Europe et mettre à mal son économie, à commencer par le secteur de l'immobilier.

- 17 -

— Tout cela ne sent pas bon, ma chérie, j'ai le sentiment que le Piton va connaître une nouvelle éruption.

— Comment cela ?

— Je crois que ça va péter, je parle des affaires, de l'économie.

— Tu sembles pessimiste.

— Il y a trop de vents contraires. La guerre du Golfe a fait suite à la récession américaine. D'ailleurs, on peut se demander si la décision de Bush ne se situe pas dans une ligne keynésienne : la relance par l'effort de guerre !

— Les États-Unis sont si mal ?

— La crise est d'abord financière. Les caisses d'épargne qu'on appelle *Savings and Loans* sont en faillite et vont entraîner dans leur sillage les banques et quand ça s'enrhume aux USA, ça finit par tousser en Europe.

— Tu as anticipé, comme d'habitude ?

— Si les taux d'intérêt flambent et que la demande immobilière baisse, on risque la catastrophe. Et si une crise financière s'en mêle, on ira droit dans le mur.

La crise financière vint s'ajouter aux tribulations du secteur immobilier. Le magnat de la finance Georges Soros s'en prit à la banque d'Angleterre. La livre, violemment attaquée, dut sortir du SME en septembre 1992. Les conséquences furent terribles car le franc fut attaqué à son tour.

Face à ces manœuvres, le gouvernement hésite. La récession frappe depuis bientôt deux ans, le chômage flambe, l'immobilier est au bord du gouffre. On estime les créances douteuses dans le secteur à plus de trois cents milliards. Après la Grande-Bretagne, c'est l'Italie qui sort du Système Monétaire Européen. Les spéculateurs font flèche de tout bois. La France opte pour le franc fort et emprunte massivement des marks pour racheter du franc et maintenir son cours. Elle pratique une politique des taux d'intérêts élevés, ce qui étrangle son économie déjà mise à mal par la dévaluation de la livre et de la lire. Le commerce extérieur s'effondre par voie de conséquence.

Moins d'un an après sa nomination, la Première ministre Édith Cresson est débarquée et Pierre Bérégovoy lui succède. Il doit faire face à une crise qui n'a fait que s'aggraver.

La bulle de l'immobilier va éclater : effondrement de la demande, taux d'intérêts prohibitifs, incapacité de refinancer les dettes, pas d'acquéreur pour les biens mis en vente.

Malési est pris de court. Une telle conjoncture défavorable ne laisse aucune chance à ceux dont le moteur ne peut fonctionner qu'en marche avant. Les emprunts ne peuvent être remboursés. Pour la première fois, le Réunionnais ressent l'inquiétude et ne trouve pas de parade. La mort dans l'âme, il doit licencier, tout en sachant que cela ne sera pas suffisant. De cent cinquante employés, il passe à quatre-vingt-dix.

Un mois plus tard, il se résout à saisir le tribunal de commerce. Désormais, Malési a trois objectifs : éviter d'aller à la liquidation brutale de ses actifs, protéger ses biens personnels en évitant une extension de la faillite, échapper à une interdiction de gérer, ce qui le condamnerait à une mort programmée.

Le train de vie de la famille connut une chute brutale. Malési en ressentait le côté pénible, moins pour lui que pour sa femme et ses enfants.

Il savait d'où il venait, il reconnaissait avoir eu de la chance, il avait connu l'adversité, à l'école, dans la rue, sur les terrains de foot. S'il n'y avait eu que lui, il se serait préparé à troquer ses voitures de luxe contre une Clio, son appartement de 180 m² pour un modeste trois pièces dans un arrondissement populaire, ses bouteilles de Haut-Marbuzet pour un honnête petit vin de Loire. Mais il n'était pas seul, et sa famille n'avait connu que l'opulence et aurait du mal à passer du foie gras au cassoulet en boîte ! Il fallait donc faire preuve d'imagination !

Le paladin du piton de la Fournaise savait faire face à l'adversité, mais le revers de fortune qu'il imposait à sa famille décuplait ses forces. Il élabora son plan d'action et se fixa des objectifs précis. La mise au point de sa stratégie lui redonna un tonus comme si chaque étape, forcément victorieuse, devait aboutir à minimiser les effets de cette crise. Le reste ne dépendait pas de lui mais de la conjoncture mondiale, de la politique économique du pays et de l'Europe, de la lutte contre les spéculateurs.

La trésorerie de l'entreprise et les économies familiales fondaient comme les glaciers du Groenland. Malési se résolut à rendre visite à Laurent Christo pour lui vendre ses parts. Il savait que ses prétentions devaient être revues à la baisse, crise oblige. De surcroît, il était demandeur, ce qui ne le mettait pas en position favorable pour négocier. Cette foncière représentait un potentiel ballon d'oxygène et l'aiderait à tenir quelques mois, même si Christo en profitait pour tenter de l'étrangler.

Son partenaire ne lui laissa pas même le temps des illusions. D'emblée, il prétexta les contraintes de la Commission de contrôle des assurances pour justifier son impossibilité de racheter les parts de Malési :

— Je suis sous étroite surveillance. Comprenez, cher ami, qu'actuellement je ne peux rien faire sans l'aval de la Commission. Bien sûr, si je pouvais justifier d'une opportunité financière, on pourrait tenter le coup...

— Vous entendez quoi, par opportunité financière ?

— Je ne sais pas... mais disons qu'un prix du quart de la valeur estimée par les contrôleurs de la Commission pourrait être pris en compte par l'autorité de tutelle.

— Vous êtes sérieux ?

— Que voulez-vous, les temps sont durs et je suis sur le fil du rasoir.

— J'accepte, car je n'ai pas le choix. Je pense qu'après cela, nous n'aurons plus l'occasion de faire d'autres affaires ensemble. Je sais maintenant que j'ai sûrement échappé au pire en effectuant cette opération qui mettra un point final à nos relations, une sorte de solde de tout compte. Il faut des circonstances exceptionnelles pour se faire une opinion sur les gens. En ce qui vous concerne, la mienne est désormais faite.

Grâce à la vente des parts de la foncière, Malési put survivre quelque temps. Il se consacra à la défense de son dossier de faillite.

Deux mois plus tard, il apprit une nouvelle inattendue à sa femme :

— Tu sais que j'ai dû brader mes parts à Christo dans la foncière commune.

— Oui, je sais.

— Eh bien, j'ai fait en réalité une bonne affaire.

— Comment cela ?

— La Commission de contrôle a rendu son verdict : elle a retiré ses agréments aux sociétés de Christo et fait nommer un liquidateur. Désormais, il ne peut plus avoir d'activité dans les assurances. Son empire va être démantelé et vendu à l'encan.

— Qu'a-t-il fait pour en arriver là ?

— Quelques erreurs de gestion et une série d'abus de biens sociaux. Mais en fait, il paie son isolement. Roudoux a eu sa peau. Le syndic qui a été choisi n'augure rien de bon pour Christo, c'est Drouard, un des pires charognards de la place. Sa première décision a été d'étendre la liquidation à la foncière. Du coup, elle ne vaut que ce qu'un repreneur proposera, c'est-à-dire pas grand-chose, car il est de l'intérêt de Drouard de vendre vite quel que soit le prix, de manière à maintenir une trésorerie pour faire face aux charges incompressibles, notamment les salaires du personnel indispensable. Il gardera ensuite quelques actifs pour justifier de la durée des opérations afin de toucher le plus longtemps possible des honoraires. Drouard est le plus grand vautour de la place, après Kardona de Corbeil.

— Tout cela est inquiétant pour tes propres affaires. Si tu tombes sur une fripouille comme ces deux syndics, on est mal partis.

— Je vais prendre rendez-vous avec madame Descombes, c'est elle qui a été nommée administratrice judiciaire. Elle est récente dans la profession et n'a pas mauvaise réputation. Mais dans mon malheur, j'ai une chance : si mon passif atteint près de dix millions de francs, la partie la plus importante des engagements est détenue par une seule banque, la Générale Française de Banque.

– Comment cela : dix millions, ce n'est pas possible !

– C'est là ma première manœuvre. J'ai demandé à tous les créanciers, sauf la banque, de déclarer des créances deux à trois fois supérieures à la réalité. Cela va relativiser l'importance de celle de la Générale Française de Banque, mais en même temps va faire de ce dossier une affaire tellement énorme qu'on ne pourra pas la traiter à la va-vite. Et puis, je n'aurai ensuite à annoncer que des bonnes nouvelles.

Malési avait la suite de son plan précis bien en tête : si les choses se passaient mal, la banque devrait faire face à un trou d'importance, malvenu en ces temps déjà difficiles avec toutes les faillites en chaîne. Il fallait minimiser le risque. Pour cela, la liquidation impliquait de prendre son temps pour ne pas céder des actifs avec le revolver sur la tempe. Donc, la banque devrait accepter un moratoire. De cette façon, elle éviterait de passer les créances par pertes et profits. En revanche, si elle voulait se venger de ses déboires en le traînant au pénal et en demandant son interdiction de gérer, il fallait trouver la parade.

Il avait à ce sujet une petite idée de nature à calmer les ardeurs belliqueuses de l'institution financière.

Pour cela, il fallait un rendez-vous au plus haut niveau et un certain culot. Il ne traiterait pas avec des sous-fifres, mais avec le président de la banque.

Il eut recours à un ami avocat qui avait la banque comme cliente. Il fit passer le message en termes précis mais fermes, tout en évitant les menaces trop explicites.

L'entrevue fut fixée au 15 du mois de juin. Malési savait l'importance de ce tête-à-tête. C'est la première partie qui allait se jouer. La seconde, en cas de réussite de ce préalable, aurait lieu dans le bureau de madame Descombes, désignée par le tribunal comme administratrice.

Début juin, Malési apprit que Laurent Christo, évincé de ses affaires, se trouvait en situation délicate. Très lié à un richissime dirigeant de l'extrême droite, celui-ci était prêt à mettre des fonds à sa disposition et à proposer au syndic de racheter cash quatre des immeubles de la foncière, les fleurons de la société, à un prix dérisoire. Christo avait mis au point ce scénario pour assurer ses arrières en attendant un éventuel retour à meilleure fortune. Il s'agissait d'immeubles à usage professionnel qui généraient d'importants loyers de la part de locataires de premier plan. Mais s'agissant d'un personnage sulfureux, il fallait un écran.

Il était souhaitable, vis-à-vis du syndic, que la personne en question appartînt au monde de l'immobilier. On songea évidemment à Malési. L'assureur, toute honte bue et avec une bonne dose de culot, vint solliciter le Réunionnais pour expliquer son idée :

— Vous constituez une société pour loger les actifs. Mon ami fait un prêt à cette société pour acheter les immeubles et vous consent une promesse de rachat des titres à première demande. De votre côté, vous vous engagez à vendre la société dès que moi-même ou mon ami en ferons la demande.

— C'était donc cela, l'objet de votre proposition de rencontre, cette affaire de la plus haute importance ?

— Oui, et vous toucherez une commission plus que substantielle.

— Vous ne manquez pas d'air, après m'avoir spolié en profitant de ma situation. J'ai appris à vous connaître, jamais je ne passerai le moindre accord avec vous. Au revoir, monsieur Christo. Merci de ne plus me contacter.

Malési n'en revenait pas. Comment son ancien associé avait pu imaginer qu'il se mouillerait pour lui après ce qu'il s'était passé ! Alors lui revint une réflexion de l'intéressé lors de leurs premiers contacts : « Si je peux gagner un dollar, je n'ai plus d'ennemi, j'oublierai même qu'un petit malin m'a escroqué de centaines de milliers de francs s'il me propose d'en gagner des millions avec lui, en affaires l'amour-propre ou la vengeance sont des aveux de faiblesse ».

Bien que dans les circonstances actuelles, il eût apprécié de percevoir des revenus complémentaires, Malési ne transigeait pas avec certains principes. Sans doute fallait-il voir dans cette attitude peu fréquente dans les milieux d'affaires, l'influence de son éducation et de la religion qu'il pratiquait. La famille allait à la messe tous les dimanches et les enfants étaient élevés dans le strict respect des valeurs chrétiennes.

Cela étonnait certains de ses proches qui comprenaient mal qu'un homme à l'intelligence vive perde du temps chaque fin de semaine dans des rituels archaïques. Malterre, un patron d'une grosse entreprise de construction avec lequel il entretenait des relations amicales, l'avait surpris en lançant : « Ce n'est pas ta croyance qui me choque, mais ton obstination à suivre des règles et des rites qui n'ont pas varié dans le temps et n'ont plus guère de sens aujourd'hui. »

Malési avait admis qu'il avait la foi du charbonnier, que c'était une force qui s'imposait à lui et qu'aussi longtemps que sa santé lui permettrait, il se rendrait chaque dimanche à l'église pour entendre la messe... « Quand je suis malade, avait-il ajouté, je regarde l'office à la télévision. » Il avait poussé la dévotion jusqu'à aménager dans son appartement un petit oratoire avec autel et prie-Dieu, une ou deux images pieuses et quelques bougies. Il lui arrivait de solliciter le Ciel quand les enjeux devenaient importants. Un coup de pouce du Tout-Puissant pouvait arranger les choses...

C'est ce qu'il fit avant d'aller rencontrer le président de la Générale Française de Banque. Un cierge à l'église, une prière dans son oratoire, cela ne coûte pas cher et peut rapporter gros !

Malési commença par remercier son interlocuteur de le recevoir, ce qui détendit l'atmosphère et plaça celle-ci sous le signe de la courtoisie. Mais il fallut en venir aux sujets qui fâchent :

— Monsieur Malési, je sais que la conjoncture ne vous a pas été favorable, mais quand même ! Vous devez plus de quatre millions à notre banque et votre passif total atteint presque dix millions !

— Je sais, Président, mais c'est tout le secteur immobilier qui s'est effondré, pas seulement en France, d'ailleurs. Vous en connaissez les raisons, je ne vous les rappelle pas. Je ne suis pas là pour refaire le passé mais pour trouver des solutions et réduire le montant des pertes. Si on laisse faire, les actifs seront bradés et vous devrez enregistrer une perte énorme car on ne trouvera pas d'acquéreurs à plus de trente ou quarante pour cent de la valeur des immeubles. Cette perte, vous devrez la passer dans le bilan au poste « Pertes et Profits ». En revanche, si vous consentiez un moratoire, j'en obtiendrai un aussi de la part des autres créanciers. Vous passerez une provision pour créance douteuse, ce n'est pas la même chose. Ce moratoire permettra de prendre le temps de réaliser au mieux les actifs. Je suis prêt à vous déléguer mes pouvoirs de président et à laisser votre banque prendre toutes les décisions en liaison avec l'administrateur.

— Admettons, mais quelle sera son attitude?

— Je vais m'en occuper. Mais si je peux faire état d'un éventuel moratoire, cela me facilitera la tâche. Et puis, je compte rebondir...

— Ce sera difficile, je vois mal le tribunal ne pas vous interdire de gestion... Cela me semble aller de soi après un tel fiasco.

— C'est là que je compte sur vous. En tant que plus important créancier, vous aurez votre mot à dire au nom de la masse.

— Comment cela ?

— Les petits créanciers vous suivront.

— Encore faudrait-il que notre établissement trouve son compte...

— Certes, mais personne n'a intérêt à pratiquer la politique du pire. Du pire pour moi, s'entend. La Générale Française de Banque est un peu responsable de la situation en ayant ouvert sans réserve les robinets des crédits.

— Vous allez tout de même pas nous reprocher de vous avoir soutenu jusqu'au dernier moment !

— Moi, non, évidemment. Mais qu'en penseront le tribunal et les autres créanciers ? Au mieux, vous serez tenu pour incompétent et dans le cas le moins favorable, pour complice du désastre. Croyez-moi, il faut œuvrer tous ensemble dans le même sens. C'est ainsi qu'on limitera la casse.

Le président de la banque demanda à réfléchir. Il souhaitait en parler avec ses proches collaborateurs. Il fut convenu de se revoir huit jours plus tard.

Malési n'attendit pas le second rendez-vous pour approcher madame Descombes, la mandataire judiciaire. Cette deuxième manche s'avérait encore plus délicate que la première. Il savait que les administrateurs-syndics dont les émoluments sont étroitement encadrés par la loi ne gagnent bien leur vie qu'en adoptant une stratégie bien simple : engranger le maximum de dossiers et brader les actifs pour pouvoir clore les affaires au plus vite et en prendre d'autres. Il devait donc tout tenter pour convaincre cette femme de ne pas précipiter les choses. Une gageure !

Le Réunionnais fut surpris par la personnalité de son interlocutrice. Elle devait avoir moins de trente-cinq ans et présentait un visage souriant. Une belle femme en vérité. Rien à voir avec les mines renfrognées ou patibulaires de ses confrères. Il est vrai qu'elle avait peu d'ancienneté dans le métier auquel elle avait accédé par accident.

Elle prit le temps de bavarder de tout et de rien avant d'en venir au dossier. Il se trouva qu'elle appréciait la peinture et possédait de solides connaissances dans ce domaine. Ce n'est qu'après vingt minutes d'échanges sur les peintres contemporains qu'elle en vint au dossier de Malési.

— Je ne vous cache pas, monsieur, que c'est le plus gros dossier qui m'ait été confié jusqu'à ce jour. Votre passif dépassera les dix millions.

— Peut-être un peu moins...

— On verra quand on aura fait le point avec mon équipe après la circularisation. J'attends encore des productions de créances. Mais peut-être votre présence dans mon bureau est-elle destinée à me donner votre sentiment sur le dossier ?

— À vrai dire, maître, j'ai surtout deux messages à vous faire passer. Il se peut, en premier lieu, que le principal créancier, la Générale Française de Banque, soit disposé à envisager un moratoire.

— C'est inattendu, et je suis surprise.

— La banque ne peut se permettre de passer la créance par pertes et profits. De plus, pour être franc et je souhaite que cela reste entre nous, le président se sent un peu... gêné par le soutien qu'il m'a apporté et craint que cela ne lui soit reproché...

— C'est en effet une question que l'on peut se poser.

— Vous connaissez la conjoncture immobilière. Elle est épouvantable. Si on vend des actifs sous pression, ce sera un carnage. En revanche, en prenant notre temps, on peut espérer un retournement de tendance. Je sais que pour votre profession, le temps, c'est de l'argent, et que mon dossier exigera d'en consacrer beaucoup. Je tiens à vous dire aussi, c'est mon second message, que je vous apporterai toute ma collaboration pour éplucher le passif. Je dois vous préciser que ma seule erreur est de ne pas avoir anticipé la crise financière et la hausse brutale des taux d'intérêt ni l'éclatement de la bulle de l'immobilier, en France, en Europe et aux États-Unis.

— Je sais tout cela, mais à l'occasion, j'aurai quelques précisions à vous demander.

— Je suggère que nous nous rencontrions régulièrement. Si votre emploi du temps est surchargé, déjeunons ensemble.

— Pour vous, la cause première, c'est quoi ?

— La récession et l'action des spéculateurs, Soros en tête. Alors, même si rien ne vous y oblige, donnez-moi une chance de ne pas être mis en liquidation afin de ne pas en supporter les conséquences négatives.

Madame Descombes garda le silence. Malési ne savait comment interpréter cette absence de commentaire à son dernier propos. Il pensa un instant que cette femme était peut-être plus rouée qu'il ne l'avait estimé et que ses grands sourires relevaient de la perversité. Aussi fut-il agréablement surpris quand elle finit par dire :

— Monsieur Malési, sachez que j'entends pratiquer mon métier avec mes principes de travail. Je ne bâcle pas mes dossiers et l'argent n'est pas le ressort de mon action, de plus j'ai la chance d'avoir un mari qui a une très belle situation. Je ferai donc selon les règles déontologiques et ma conscience. En attendant, confirmez-moi l'accord de la banque pour un moratoire. Je recevrai ensuite son représentant.

Jusque-là, les négociations se présentaient sous un jour favorable. Mais rien n'était acté. La banque et madame Descombes pouvaient changer d'avis. Un second cierge s'imposait avec un gros billet dans le tronc.

On se trouvait aux portes de l'obscurantisme, pensait sa femme, une cartésienne d'une grande intelligence et qui élevait leurs deux enfants avec beaucoup de soin et veillait à leur avenir. Elle était moins sensible que son mari aux bondieuseries. Mais qu'importe, se disait-elle, tant que cela marche, il n'y a rien à redire.

Ce genre de remarque nuançait beaucoup sa critique de la naïveté de son mari et de ses pratiques frisant la superstition. « Non, pas superstition, la reprenait Malési, mais la foi ! »

Si la supplique était entendue, il y voyait forcément une réponse divine. Si elle échouait, il trouvait vite des circonstances atténuantes au Tout-Puissant. Cette attitude n'était pas une insulte à l'intelligence de la part de Malési, mais les conséquences de sa foi solidement chevillée au corps ou plus exactement, précisait-il, à l'âme.

Il se promit en cas de réussite de ses démarches de faire un pèlerinage à Lisieux. C'était moins prestigieux, mais tout de même plus près que Saint-Jacques-de-Compostelle !

- 18 -

— Malési ! Oh, ça alors, quelle coïncidence !

Jean-René Malési et sa femme achevaient leur dessert. Ils fêtaient leur anniversaire de mariage dans un petit restaurant créole de la rive gauche. Le Réunionnais leva les yeux et reconnut celui qui l'avait interpellé. Il s'agissait de Luc Rabésandratana, un de ses anciens condisciples de Saint-Denis de La Réunion qui n'avait aucun lien avec le futur joueur du Paris Saint-Germain homonyme. Leurs relations du temps du collège, puis du lycée avaient toujours été orageuses et de fréquents pugilats les avaient opposés. Ils s'étaient toujours franchement détestés.

— Ah, te voilà à Paris, Rabé, qu'y fais-tu ?

— Cela fait six ans que je bosse chez *Coudert, Vlieghe et Bazin*, tu connais ?

— Oui c'est un gros cabinet d'avocats spécialisé en droit des affaires.

— Je suis collaborateur, mais je vais passer associé l'année prochaine si tout va bien.

— Félicitations.

— Et toi, il paraît que tu as avalé la grenouille, tu es sous administration... Adieu veau, vache, cochon, couvée... Pourtant, j'ai suivi ta fulgurante réussite. La roche tarpéienne est plus proche du Capitole qu'on ne le croit. Enfin, je te fais confiance, tu es trop malin pour aller à la soupe populaire, la preuve, tu es bien là ce soir ! Mais je ne veux pas troubler ton dîner avec madame...

— C'est mon épouse, nous fêtons notre anniversaire de mariage.

— Et impossible de passer cela en note de frais, quelle injustice... Tu vas être interdit de gestion ? Ce serait la tuile. Bon, je vous laisse. Bonne chance, Malési, il t'en faudra pour rebondir....

Jean-René était ulcéré. Rabé, comme ils l'appelaient durant leur jeunesse, l'avait humilié devant sa femme. Il en tremblait de rage.

C'est son épouse qui réagit la première :

— Quel mufle ! C'est un gars de Saint-Denis ?

— Oui, un type doué, mais mal élevé et arriviste. On ne s'est jamais entendus...

— Comment peut-on se comporter de cette façon, c'est à peine croyable. Vous ne vous étiez jamais revus ?

— Si, une fois, à La Réunion, alors qu'il travaillait pour le cabinet de Vergès. Je commençais à connaître un peu de réussite. Il m'a démarché pour avoir ma clientèle. Je n'ai jamais donné suite.

— Il te l'a fait payer aujourd'hui.

— Cela ne lui portera pas chance, je crois à une justice immanente....

— J'espère.

— Peu importe en fait, je ne perds pas mon temps en plans de vengeance. Qu'il aille au diable et passons à autre chose.

Malési oublia vite l'incident car il n'était pas homme à ressasser les insultes.

Le lundi suivant, il se retrouva en face de Jean Lévy-Strauss, le patron de la Générale Française de Banque. L'entretien ne dura pas plus de cinq minutes et fut conclu par le banquier en ces termes :

— Si Descombes joue le jeu, nous acceptons de faire de même. La banque va proposer un moratoire.

— Si tel est le cas, puis-je attirer votre attention sur l'intérêt qu'il y aurait à achever les opérations en cours ? Je peux m'y consacrer sous le contrôle de vos experts.

— On verra cela en temps voulu.

Après avoir évalué les avantages et les inconvénients, évidents eu égard à leur soutien sans faille, même à cette époque, la banque fit preuve de pragmatisme. La situation de la société de Malési se dégradait, l'institution craignant à la fois une mise en cause de sa responsabilité et la perte totale de ses créances compte tenu de l'importance du passif, la Banque accepta le plan de Malési. Elle injecta l'argent nécessaire pour achever les opérations en cours. Il avait donc réussi une grande partie de son plan : faire en sorte que la banque soit complètement collée à sa mauvaise fortune.

Madame Descombes ne put s'empêcher d'admirer l'action de Malési. Au cours de leurs déjeuners, elle faisait le point et ne cachait pas la sympathie qu'elle ressentait pour son administré. De son côté, celui-ci jouait de son charme et faisait tout pour mettre la jeune femme dans sa poche.

Au bout de six mois, ils s'appelaient par leur prénom. Malési n'entendait toutefois pas pousser plus avant son avantage. Il appréciait madame Descombes, mais n'éprouvait pas pour autant des sentiments de nature à le déstabiliser. Une aventure avec elle lui était interdite par sa religion. Il faisait partie de cette ancienne école où l'on respecte les commandements et enseignements de l'Église. On pratique la fidélité même si cela, parfois, peut être pesant.

Son interlocutrice, agnostique, à l'évidence, n'avait ni la même foi, ni les mêmes réserves. Mais sa bonne éducation et sa conception de la vie l'empêchaient de prendre des initiatives qui eussent forcé les défenses de ce monsieur si attachant et si attractif !

De son côté, Malési, conscient de son emprise et du danger qui se profilait, adoptait une attitude où la familiarité était exclue. Sachant que l'homme peut être mu par ses instincts, il se gardait de se mettre dans des situations embarrassantes. Il mettait en œuvre la méthode si bien décrite par Éric Rohmer dans son film *Ma nuit chez Maud*, quand la conversation glissait sur des sujets plus personnels, distillant alors tous les éléments ou arguments qui rendaient ensuite, sinon impossible, du moins difficile sans se renier, une liaison entre eux. Pour renforcer ses défenses, il eut recours également à un autre film de Rohmer, *Le Genou de Claire*. Dans ce film, Jérôme, un trentenaire bien avancé, est envoûté par l'éclat et la jeunesse d'une jeune fille de dix-huit ans qui séjourne dans la même maison appartenant à des amis communs, durant les vacances d'été.

Attiré irrémédiablement par la jeunesse et la beauté de la jeune personne, il doit avoir recours à la technique de désenvoûtement pour se sortir de cette situation impossible. Alors, il s'arrange pour rendre pitoyable la gamine en lui faisant croire que son petit ami l'a trahie. L'effet est immédiat et le désespoir noie de larmes le visage de Claire qui n'a plus rien de triomphant, ni de supériorité méprisante pour cet adulte dont elle n'a rien à faire. Le visage dévasté a perdu sa magie. S'agissant d'un problème de désir et non d'amour, l'opération d'exorcisme, complétée par un geste tactile consistant à prendre le genou de Claire dans sa main pendant qu'elle est montée sur une échelle, réussit parfaitement : la baudruche a éclaté.

Malési connaissait pour les avoir vus et appréciés ces deux contes moraux de Rohmer. Il usa donc de la même approche envers madame Descombes en exorcisant ses pensées troubles avec la même méthode, mais avec d'autres arguments.

Ses désirs troubles diminuant une fois la barrière « Maud » érigée, il put poursuivre sereinement ses relations de travail avec madame Descombes, lesquelles devinrent au fil du temps amicales.

Les bonnes dispositions de sa mandataire de justice s'avérèrent déterminantes pour son dossier. Prenant très à cœur son travail, elle consacra l'essentiel de son temps aux affaires de ce si charmant Jean-René.

Bien que durement touché par l'effondrement de ses sociétés, il put compter sur le soutien sans faille de son associé historique qui, à a différence de Laurent Christo, le suivit sans hésitation dans sa stratégie. La Générale Française de Banque avait entériné le moratoire. Les opérations en cours furent financées et tous les immeubles en restructuration furent achevés et vendus.

N'étant pas privé de ses droits de gérer, Malési songea à repartir du bon pied en se lançant dans de nouvelles aventures. Il avait compris le danger de devoir mener trop d'opérations de front et surtout d'entretenir plus d'une centaine de salariés avec les problèmes qu'une équipe aussi nombreuse entraîne. Il se jura que cette époque était révolue et chercha la bonne martingale.

Lors d'un dîner avec Lebreton, une bonne relation qu'il fréquentait du temps où il était à Toulouse, et qui était un grand amateur d'art sacré, celui-ci lui fit connaître la raison de sa présence dans la capitale.

— Je viens d'hériter de ma grand-mère. Elle possédait un immeuble dans le XIVe et je voudrais le vendre.

— Combien de locataires ?

— Trois. Le reste est occupé par une nièce, un cousin et la grand-tante pour la plus grande partie, au total plus de six cents mètres carrés entre Denfert et Alésia.

— Tu as idée du prix que tu en veux ?

— Non.

— Je peux te conseiller.

— Ce serait une bonne chose.

Avec sa nouvelle structure de marchand de biens, Malési proposa de racheter l'immeuble. Il paierait le prix après revente des appartements vendus à la découpe. Il évalua l'immeuble au prix du marché, proposa donc à Lebreton de lui régler en sus quinze pour cent de l'écart entre ce prix et celui issu des reventes des appartements.

Le Toulousain avait confiance en Malési, aussi accepta-t-il le plan consistant à faire quatre appartements de 80 m², un appartement de prestige de 90 m², quatre studios de 20 m², le reste étant dévolu à l'installation d'un ascenseur et aux parties communes, notamment le hall d'entrée entièrement redessiné pour obéir au nouveau standing des lieux.

L'affaire fut une réussite, notamment financière. Finies les opérations complexes, les promotions nécessitant de grosses mises de fonds. Il suffisait de dupliquer la formule, et pour cela, de mettre sur pied tout un réseau d'apporteurs d'affaires intéressés au résultat.

Le nouveau Malési était né, une nouvelle page s'ouvrait. Ses anciennes affaires n'étaient pas brillantes. La Banque avait dû se résoudre à accepter la liquidation judiciaire sous la pression de créanciers teigneux. Madame Descombes entreprit dès lors de vendre les actifs, mais sans précipitation.

Entretemps, le passif, surévalué par les créanciers à la demande de Malési, fut ramené à moins du tiers. Malési continua d'apporter son concours à la liquidatrice. Celle-ci poursuivit son travail calmement.

Moins de sept ans plus tard, le tribunal de commerce mettait fin à la liquidation en déclarant éteint le passif puisque les derniers actifs étaient supérieurs au passif résiduel.

On devait fêter comme il se doit l'événement et Malési invita madame Descombes à un déjeuner au *Pré Catelan*. Quand ils se séparèrent, il la prit dans ses bras et lui claqua une bise sur la joue. La jeune femme apprécia et espéra que ce geste spontané en appellerait d'autres. Mais son interlocuteur ne fit rien qui pût lui faire espérer une suite intime. Elle comprit vite que cette suite n'appartiendrait pas à un hôtel. Elle changea vite de sujet et fit part de sa décision : elle quittait la profession et intégrait le barreau.

— Vous comprenez, après une telle affaire, Jean-René, toutes les autres m'ennuieront.

— Tenez-moi au courant, peut-être aurai-je besoin de vos services dans le futur.

- 19 -

Il se sut vite dans le milieu que les anciennes affaires de Malési s'étaient réglées de la meilleure manière qui soit. L'honneur était sauf et aucun de ses investisseurs privés, notamment dans le monde du football et de la jet-set, n'avait perdu un centime.

L'opération Lebreton, heureusement achevée, avait dégagé une solide plus-value. Les autres dossiers s'annonçaient aussi bien.

Le monde avait changé. Les affaires avaient repris, la récession n'était plus qu'un mauvais souvenir. L'Europe avait progressé. La création de l'euro avait mis fin au yoyo du cours des devises. Les spéculateurs ne pouvaient plus jouer aussi facilement sur les monnaies. Le chômage était à la baisse et les taux d'intérêt s'étaient assagis. La demande dans l'immobilier avait repris sa marche en avant.

Malési devina qu'un nouvel Eldorado se présentait pour qui respecterait les règles prudentielles.

Il était grand temps de passer à la vitesse supérieure sur le marché des immeubles à rénover.

Le moral de l'homme d'affaires se bloqua sur le beau fixe. Il avait compris qu'il était préférable de limiter le nombre des opérations. Surtout, il découvrit qu'au lieu de jouer les grands patrons à la tête d'une structure imposante, mieux valait sous-traiter les différentes tâches nécessaires et se contenter de quelques collaborateurs indispensables. Pas de développeurs, mais un réseau d'apporteurs rémunérés au pourcentage, pas de bureau d'études intégré, pas de fonctionnels par nature improductifs. Il suffisait d'un ou deux collaborateurs, d'un comptable, d'un secrétariat. Tout le reste, il le sous-traitait. Cela lui permettait en outre de changer de titulaire s'il n'était pas pleinement satisfait d'un service.

Malési se différenciait de ses confrères marchands de biens, car l'immobilier en tant que tel ne l'intéressait pas. Il fallait que les immeubles présentent un intérêt architectural. Redonner tout son lustre à un bâtiment plusieurs fois centenaire constituait un challenge pour le Réunionnais. L'art constituait sa passion première et il entendait lui donner toute sa part dans son métier. Et tant mieux si cela rapportait ! En rénovant jadis les immeubles des secteurs dits sauvegardés de la loi Malraux, il avait pu concilier ces deux domaines. Ce qui lui importait, c'était d'être fier de ses réalisations. Passer par la rue Chapon et contempler l'hôtel Passart, voilà un moment de plaisir intense et un motif de fierté justifiée.

Marqué à vie par sa rencontre avec la journaliste alors qu'il végétait au lycée de Saint-Denis, il avait alors reçu ce choc irrémédiable. L'art était entré dans sa vie et ne devait jamais en sortir. Et les efforts qu'il faisait pour réaliser des profits à travers les rénovations d'immeubles se justifiaient par une motivation supplémentaire : pouvoir se consacrer à sa passion et pénétrer plus avant dans ce monde si excitant et si reposant.

Sa femme partageait cette passion pour l'art. Il considérait cette complicité artistique comme une chance comme il appréciait le rôle qu'elle jouait dans l'éducation de ses enfants. Trop absorbé par son travail, il s'en remettait entièrement à elle.

La relation du couple était basée sur des sentiments contradictoires : admiration et déception. Lui, admirait la mécanique intellectuelle de sa femme et sa culture prodigieuse et elle, son génie des affaires. De son côté, il l'estimait totalement hermétique aux affaires. Quant à madame Malési, elle avait de la condescendance à son égard face aux lacunes énormes dans de nombreux domaines de Jean-René. C'est l'art qui réconciliait les époux. Et grâce à ce pont que la peinture, notamment, jetait entre eux, madame acceptait l'absence du mari dans l'éducation des enfants, et ce dernier l'isolement dans lequel il se trouvait dans son rôle de chef d'entreprise. Quand il vantait son dernier coup d'éclat professionnel, elle l'arrêtait en lançant :

— Arrête de parler argent, c'est vulgaire ...

— C'est pourtant ce qui permet ton train de vie.

— S'il n'y avait pas les enfants, je trouverais facilement un job dans le domaine que j'aime. Je peux me contenter de peu.

— Hum... à voir. Mais ne nous disputons pas pour des choses qui, je te l'accorde, sont subalternes.

À travers les remarques de madame, il admit qu'elle suscitait chez lui quelques complexes. Mais il se connaissait bien et savait que seule la marche en avant dans le business de l'immobilier le maintenait en vie. Il se comparait à un vélo : en mouvement, pas de problème, à l'arrêt, il tombe. Il comprit dès lors qu'il n'y aurait pour lui ni pause ni retraite. Il mourrait à la tâche, il en était persuadé. Comme Molière et tant d'autres. Les métiers sont différents mais les ressorts des passions sont les mêmes.

Un nouveau rêve faillit tout remettre en cause. À nouveau, il avait été convoqué par le tribunal divin composé de personnages habillés comme les juges des tribunaux qui l'avaient hanté mais qui parlaient au nom du Tout-Puissant. La séance était moins solennelle que la première fois. L'enjeu ne semblait pas non plus aussi définitif. Il eut tout loisir de discuter, d'argumenter. Les reproches s'avéraient également plus bénins. Il comprit vite qu'on ne l'enverrait pas à la géhenne éternelle. Non, il s'agissait plus de conseils. On lui rappelait qu'il était originaire de l'île de La Réunion et qu'il était grand temps de faire quelque chose pour ses congénères. On ferait les comptes plus tard... Cette heure arrive et sans prévenir, alors il ne faut pas perdre de temps... C'est entendu, il allait faire un geste. De ce jour, il ne cessa de réfléchir aux moyens qui lui permettraient de satisfaire aux juges suprêmes. C'était promis, juré, croix de bois, croix de fer...

Le regard de la place financière sur Malési avait changé. Classé parmi les chevaliers d'industrie et les *losers*, moqué par ses rivaux ou ses confrères, il avait payé sa réussite décomplexée. Il avait fait des envieux. Le dépôt de bilan eût mis du baume au cœur à tous les jaloux et à ceux qui par nature ne supportent pas la réussite des autres, ce qui en France constitue une fraction non négligeable de la population. Elle explique en grande partie les mouvements poujadistes de notre époque.

La clôture de son dossier pour extinction du passif constituait une mise au point, presque une revanche. C'était pour lui un soulagement car, au bout du compte, aucune de ses relations, qui avaient investi dans ses opérations, ne perdit d'argent. Dès lors, de pestiféré, il redevint non seulement fréquentable, mais on rechercha à nouveau sa compagnie. La cerise sur le gâteau vint d'un sénateur qui déposa un projet de loi, adopté d'ailleurs par le parlement, tenant compte de l'affaire Malési-Decombes.

Le projet modifiait les rapports entre les mandataires judiciaires et les tribunaux de commerce. Il fallait dans la profession plus de Descombes et moins de Kardona ou de Drouard. On modifia en conséquence de manière substantielle le mode de rémunération des administrateurs et syndics.

Malési savait tenir compte des leçons du passé. Finis, les signes trop ostentatoires de richesse.

Ce n'était pas l'application de l'adage *Pour vivre heureux, vivons cachés* mais ce n'était pas non plus *regarde mes Rolls, vise un peu ma Ferrari*. Pourtant, le succès de ses nouvelles entreprises eût permis toutes les fantaisies et tous les caprices.

L'argent rentrait, les opérations se succédaient, mais à un rythme raisonnable. Dès lors, Malési ressentait moins de stress et commençait à consacrer plus de temps à sa seconde passion : la peinture.

Le Réunionnais avait peu d'amis, ils se comptaient sur une seule main. Comme il le disait :

« En plus, cette main n'a pas ses cinq doigts ! ». Ceux qu'il avait, démontraient une fidélité que même le piton de la Fournaise n'eût pas ébranlé. Parmi ceux-ci, figurait une directrice de la communication d'une grande société. Elle avait un carnet d'adresses digne du Bottin mondain. Malési avait une idée en tête : prendre la peinture par le bon bout en acceptant de suivre un chemin initiatique.

L'amie communicante avait la personne idoine sur son carnet d'adresses. Alors le Paladin du piton de la Fournaise rencontra la plus grande critique d'art moderne de France, très portée, comme lui, sur le *street art*. En fin de déjeuner, il abattit ses cartes :

— Voilà madame, j'aime la peinture, notamment le *street art*, mais je n'y connais rien. Comme dans beaucoup de choses, j'aime avoir des bases solides. C'est pourquoi j'aimerais que vous puissiez m'initier à la peinture, contemporaine en premier lieu, ainsi qu'au *street art*. J'aime, je ressens des émotions mais je suis incapable d'expliquer, de comprendre même pourquoi je suis attiré.

— On peut ressentir des émotions, ce qui est essentiel, sans connaître le *process*... Ainsi, on est secoué par l'émotion en lisant Louis-Ferdinand Céline sans pour autant comprendre son style. On peut avoir la chair de poule en écoutant Chopin ou Mozart sans connaître le solfège.

— Oui mais l'art, me semble-t-il, exige une initiation pour précisément, pouvoir ressentir encore plus d'émotion.

— Vous avez raison sur ce point. Et seule compte l'émotion, que ce soit en peinture, en musique ou en littérature. Le reste est secondaire. Mais c'est vrai que la connaissance permet d'élargir considérablement le champ des émotions.

— C'est bien pour cela que je sollicite votre aide

— Qu'attendez-vous exactement de moi ?

— J'aimerais que durant deux ou trois fois par mois, nous fassions des visites de musées et que vous me donniez les clés pour ouvrir les serrures. Celles de l'émotion. Bien sûr, je suis prêt à vous payer pour ces journées... pédagogiques.

— Cette demande est pour le moins inattendue. Si nos agendas le permettent, pourquoi pas... Je vais y réfléchir.

Ainsi débuta la période initiatique de Malési. Elle durerait plus de deux ans. Pour rien au monde, il n'eût manqué l'un de ces rendez-vous. Jusqu'alors, il s 'était contenté de jouer les sponsors en organisant ou facilitant des expositions à Paris. Botero et Delvaux eurent ainsi les honneurs des Champs-Élysées et du Grand Palais.

Ses détracteurs, car il en avait encore, le prenaient pour un prétentieux ou un mégalomane. C'est ainsi que Luc Ménager, président d'un grand groupe hôtelier colportait une plaisanterie à son sujet :

« Malési ? Un type extraordinaire. Le seul capable de se regarder défiler dans la rue du haut de son balcon... »

Bien sûr, les personnes qui réussissent, socialement s'entend, car la vraie réussite se situe ailleurs, doivent développer un ego surdimensionné.

Dans le cas contraire, ils se retrouvent au bas de l'échelle. C'est ce que pensait Malési qui, avec un certain humour, renvoyait le compliment à Ménager :

« Ménager, il a un gros avantage sur moi, il est plus moderne : il est relié au tout-à-l'ego... »

- 20 -

Alors qu'il était de retour à Paris après son séjour dans le sud-ouest, Malési avait fait la connaissance d'un jeune homme qui s'entêtait à passer une licence de droit (maîtrise d'aujourd'hui) malgré trois redoublements de première année. Il avait fini par obtenir ses quatre années et son diplôme en huit ans. La ténacité avait comblé ses absences de facilités. À sa décharge, le juriste travaillait à plein temps comme factotum du propriétaire de l'hôtel Claridge sur les Champs-Élysées, bâtiment démoli en 1976 pour devenir une galerie marchande et un ensemble de suites de luxes.

Les deux jeunes gens se rencontraient de temps à autre. Le juriste, Jean-Pierre Sarazin, était un taiseux à l'élocution difficile, mais il avait trois caractéristiques qui attiraient Malési : en premier lieu, il possédait une vision pessimiste du monde, et entretenait toujours des pensées plus noires que les boulets de charbon.

Tout le contraire de Malési. Et c'est ce contraste qui fascinait alors le futur grand homme de l'immobilier. Ensuite, Sarazin pouvait être drôle. Un humour évidemment noir et caustique si on avait la patience d'écouter ses histoires, plus ânonnées que contées. Enfin, c'était une encyclopédie possédant sur le bout des doigts tous les jeunes peintres de l'époque doués ou dépourvus de talent.

Il est vrai que son patron, le maître du Claridge, l'obligeait à parcourir toutes les semaines les galeries, les boutiques d'artistes et les exposants en plein air. Il connaissait tous les peintres de Montmartre, tous ceux des bords de Seine et même les artistes en herbe de la côte normande où il devait se rendre une fois par mois. Ses instructions étaient précises : « Vous achetez tout ce qui vous paraît correct et ne dépasse pas cent cinquante francs ».

Enfin, il avait un jugement plein d'acuité et perçait à jour les personnalités à la suite de quelques propos échangés ou de quelques regards scrutateurs. Ainsi dressait-il un portrait acerbe de son patron : Delvaux ne s'y connaît pas plus en peinture que moi. Il spécule. Cela fait vingt ans qu'il entasse des toiles dans les combles de l'hôtel. Et puis de temps en temps, il me dit : « Ressortez-moi une toile d'un nommé Jansen, sa cote est au plus haut, on vend ». La plupart des toiles, il ne les a même pas regardées.

Sarazin devait tenir un état des acquisitions et un répertoire des noms des peintres. C'était même une de ses attributions principales au même titre que son rôle de secrétaire et de chauffeur. Quand aucun nom ne ressortait, Sarazin était qualifié d'inculte ou se faisait reprocher de manquer de flair.

Malési demanda à Sarazin de pouvoir monter dans les combles. Profitant de l'absence de son patron parti au festival de Cannes, ce dernier l'invita à grimper dans les greniers de l'hôtel. Il y avait là plusieurs centaines de tableaux de toutes dimensions, de tous genres, de toutes origines.

— Tu t'y connais, toi, Jean-René ?

— Pas vraiment, mais j'aime la peinture.

— Bon, alors prends ton temps, je reviens te chercher dans deux heures. Il faut que je redescende au bureau car il m'appelle trois fois par jour.

Malési n'avait pas eu le temps d'examiner toutes les peintures, mais il fut stupéfait devant la diversité des toiles. Il y avait de tout : du naïf, du surréalisme, du néocubisme, de l'impressionnisme revu et corrigé, du figuratif, du pointillisme, du psychédélisme, des imitations du style de Picasso ou de Buffet ou encore de Pomar jeune. Il trouva aussi des tableaux qui ne ressemblaient à aucun genre ni école connus. Ce sont ces derniers qui retinrent le plus son attention.

Quand Sarazin vint le retrouver, il lui dit :

— Je me suis permis de mettre à part une vingtaine de toiles. Je ne m'y connais pas plus que toi mais je crois que si un peintre vient à percer, ce sera parmi celles-ci.

— Je vais relever les noms, on ne sait jamais...

Vingt ans plus tard, Malési se souvint de cet ami de jeunesse et des marottes de son patron. Aussi se lança-t-il dans les achats de tableaux au gré de ses coups de cœur. Lui aussi se mit à entasser les œuvres. Mais à la différence du patron du Claridge, ce n'était pas dans un but spéculatif. Il faisait simplement ses devoirs et conviait son mentor en la matière à lui décerner de bonnes ou de mauvaises notes. Le plus souvent, il était conforté dans ses choix et en ressentait une fierté légitime. Oui, Malési progressait et son intuition s'affinait... Sa femme ne détestait pas l'accompagner dans les galeries parisiennes et donnait aussi son avis. Mais autant le Réunionnais nourrissait quelques complexes face à cette femme érudite, autant en matière d'art et particulièrement de peinture, il avait un goût plus développé, même s'il était encore incapable de justifier ses choix. Cette dernière considération le laissait pourtant de glace car, depuis qu'il fréquentait avec sa guide les galeries et expositions, ses connaissances techniques avaient progressé, même s'il se fiait encore, avant tout, à son instinct et privilégiait les coups de cœur.

Grâce à la peinture, Malési avait trouvé un heureux contrepoint au monde des affaires. Il n'était plus seulement le businessman enfoui sous ses chiffres, ses ratios, son béton ou ses pierres de taille, il était aussi l'homme des émotions artistiques. Deux mondes cohabitaient en lui et apportaient un équilibre bienvenu. Fréquenter Pellerin devenait moins important que d'approcher Jonas Ramuz, l'homme du *street art* à travers sa société Quai 36. Ramuz n'aimait pas le terme de *street art*, le trouvant trop réducteur. Malési n'avait pas cette coquetterie intellectuelle et se satisfaisait de l'appellation pour cet art nouveau.

Il n'oubliait pas ce qu'il devait à l'île de son enfance. C'est ainsi que germa dans son imagination en perpétuel mouvement l'idée d'y créer, le moment venu, un festival du *street art* de portée nationale. En attendant, il multiplia les événements et favorisa la tenue de nombreuses expositions prestigieuses.

La vie lui souriait. Lui qui regrettait de ne pas avoir eu l'opportunité de poursuivre un brillant cursus universitaire ou de fréquenter une grande école, assistait avec gourmandise et fierté aux succès de son fils qui collectionnait diplômes et grandes écoles tant en France qu'aux USA. Malési faisait par progéniture interposée HEC, Centrale et Stanford !

L'univers de Jean-René se révélait paradoxal : il se dilatait et se rétrécissait dans le même temps. L'art avait dilaté son monde émotionnel et lui avait fait croiser la route de nouvelles relations, pourtant le cercle de ses amis s'était rétréci. Il en avait peu et n'éprouvait nul besoin de s'en faire de nouveaux. Sans doute son itinéraire était-il responsable d'une personnalité dominée par une volonté de puissance et une grande dose d'égoïsme. Il se suffisait à lui-même prisonnier qu'il était de ses deux passions : les affaires et l'art.

La place qu'il accordait à sa femme subissait elle aussi une érosion. Elle pesait de moins en moins dans ses choix. L'usure du temps faisait aussi son œuvre et des tensions commencèrent à voir le jour.

Malési se demandait s'il n'était pas destiné à être un solitaire. Ce qui se révèle positif quand on travaille quinze heures par jour tient au simple fait qu'il est des questions que l'on ne se pose pas. Faute de temps, faute d'intérêt suffisant... la fuite en avant recèle quelques trésors d'opportunisme. La vie se résume à la confection d'un énorme meccano dont on ignore l'état final. Tel Sisyphe, on monte la pierre jusqu'au sommet de la colline, elle redescend et on recommence, indéfiniment. À l'instar du personnage de Camus, on pouvait imaginer Malési heureux.

C'est à cette époque, quand des doutes lézardaient la belle construction du Réunionnais, qu'il fit la connaissance d'Alexandre Lambertin. Il parcourait les allées du Grand Palais pour l'exposition *Art en Capitale*. Son attention fut attirée par un homme figé devant un tableau minimaliste : un fond blanc et quelques traits irréguliers noirs ou gris. Intrigué par l'immobilité parfaite du personnage, Malési s'approcha pour mieux distinguer ce qui attirait le regard de cet inconnu. Sans détourner les yeux, mais sentant une présence derrière lui, l'homme dit à haute voix :

— Un tableau de Yasmina Reza, sans doute !

— Ce n'est pas une artiste peintre.

— Certes, mais avouez qu'elle a fait école. Ce tableau vaut largement celui de sa pièce !

— L'art est complexe...

— N'appelez pas cela de l'art, monsieur, c'est le degré zéro, une honte. Faut avoir du culot pour exposer une telle nullité.

— Pour ma part, j'essaie de comprendre ...

— Il n'y a rien à comprendre. Encore un pauvre type qui pense que l'art, c'est le cerveau alors que c'est le ventre ! Le génie ne s'explique pas, il est ou il n'est pas. Point barre.

— Vous êtes un passionné de peinture ?

— Oui, et c'est pour cela que je souffre quand je viens ici. Il y a tant d'horreurs. Toutes ces toiles qui sentent le travail et non la peinture, celles qui ne seraient pas si mal si on ne reniflait pas qu'elles doivent beaucoup trop aux discussions sur l'esthétisme entre initiés au café du coin.

Les deux hommes délaissèrent le tableau noir et blanc et poursuivirent de concert leurs déambulations dans les allées. Ils passèrent devant une toile au style néocubiste affirmé alors qu'un couple se chamaillait à propos de la toile. Le mari à l'évidence, n'aimait pas. La femme de son côté semblait apprécier le tableau. :

— Certes, affirma l'homme en persiflant, je te l'accorde, il y a quelque chose... Mais quoi ?

— La beauté, bougre de crétin, lâcha Alexandre Lambertin.

Ils plantèrent le couple sidéré par la grossièreté de ce visiteur et poursuivirent leur déambulation.

— Voyez-vous, monsieur...

— Malési, Jean-René Malési.

— Alexandre Lambertin, peintre raté, artiste repenti, esprit libre.

Ils achevèrent la visite ensemble et Malési proposa de déjeuner ensemble au *Fouquet's*. Lambertin fit remarquer qu'un tel établissement n'était pas dans ses moyens...

— Mais il est dans les miens, et vous êtes mon invité !

— Alors, dans ce cas, je vais me faire une douce violence en acceptant de me commettre dans ce symbole de la décadence bourgeoise.

Lambertin, comme le découvrit Malési, n'avait pourtant rien d'un révolutionnaire ou même d'un gauchiste insoumis. L'homme se rangeait plutôt dans les rangs des anticonformistes, tendance provocateurs. Il avait mené une existence chaotique. Diplômé en sciences politiques, il avait fait ses débuts chez Procter et Gamble. Il eut la faiblesse de se faire nommer délégué syndical et afficha des tracts injurieux pour l'entreprise.

Il fut licencié. Dès lors, il enchaîna les petits boulots puis fonda sa société de conseil en études de marché. Durant quelques années, il connut la réussite mais son franc-parler et son esprit critique finirent par indisposer nombre de ses clients. Il dut mettre la clé sous la porte. Il se lança alors dans le journalisme en tant que pigiste. Sa véritable passion, il l'avait trouvée depuis l'âge de dix-sept ans : la peinture. Il n'avait jamais voulu prendre de cours ou fréquenter des ateliers. Prendre des cours était synonyme de copier un style. Il est difficile, pensait-il, d'être un disciple d'un grand peintre, car le plus souvent on est au mieux son moine copiste.

Il se spécialisa enfin dans la critique en matière de peinture et plus rarement de théâtre, sous le pseudonyme d'*Electron*. Malési finit par se souvenir d'avoir lu quelques papiers de ce critique iconoclaste. L'un d'eux l'avait marqué. Il concernait un peintre à la notoriété affirmée, Dumortier, poussé en avant par le grand patron d'un groupe international sévissant dans le luxe. Lambertin avait écrit un article sur la base d'onomatopées : « Bof, prout, vroumvroum, beurk et rebeurk, aïe, ouille, varda, cacaboudin, splash, boum ! Bon, assez dit sur ce guignol, c'est déjà trop. »

Si le ton et le style si peu académique d'*Electron* pouvait choquer Malési, celui-ci était fasciné par la libre pensée et la spontanéité de l'individu. Tout en étant aux antipodes de ses modes de pensée, il demeurait sous le charme de sa conversation.

Ils prirent l'habitude de déjeuner ensemble une fois par semaine. Quand ils discutaient peinture, philosophie, littérature, théâtre ou cinéma, Malési avait le sentiment d'entendre l'antithèse de ses propres réflexions. Mais bien loin d'être choqué, il estimait que cela participait à sa dialectique et que, pour un peu, il eût pu avancer, lui aussi, tous ces arguments opposés aux siens.

Curieusement, c'est à propos des religions et des questions métaphysiques que l'opposition prit un tour plus marqué, pour ne pas dire caricatural. Malési découvrit que Lambertin se passionnait pour ces questions. Il avait étudié particulièrement l'histoire des religions et se passionnait pour la grande question : existe-t-il une Intention dans l'univers, et si oui, quelle est son intention ? Dieu ne pouvait être autre chose qu'une simple hypothèse, et en tout état de cause rien de plus que l'instigateur du nuage de gaz primitif :

— Ajoutons à cela quelques règles qui dirigent l'univers : les forces électromagnétiques, nucléaires et la gravité. Après, il n'y est pour rien.

— Mais enfin, Lambertin, protestait Malési, cette Intention poursuit son œuvre. Dieu est présent partout...

— Je vous laisse cette croyance. Après tout, elle ne mange pas de pain. Mais pour le reste...

— Vous voulez parler des religions ?

— En effet.

— En quoi cela vous gêne-t-il ?

— Oh, alors mettons les choses au point. Qu'elles soient grandes ou petites, et dans ce cas on les appelle sectes, toutes ont trahi leurs fondateurs. Elles sont la cause de tous les excès, de tous les malheurs de l'humanité. Je ne parle pas que des religions monothéistes.

— C'est un amalgame douteux.

— Non point, la religion, c'est un creuset pour fabriquer de l'intégrisme, qu'il soit chrétien, juif ou musulman. Les croisés et les conquistadors espagnols responsables de grands massacres, le sionisme messianique aux pratiques obscurantistes, les guerres « saintes » et le terrorisme de l'islam radical, c'est la même engeance.

— La religion a des vertus et a beaucoup participé à l'évolution des valeurs humaines.

— Vous parlez ! Elle a servi avant tout à abêtir l'homme et au cours de l'histoire à asservir le bon peuple. Et du coup, on légifère au fil des siècles. À coups de conciles. On pond un système normatif. En 325, c'est la consubstantialité et les bases du credo, en 553, c'est l'union hypostatique du Christ. On en rajoute une couche au concile de Latran IV, celui où l'on fixe le SMIC du catholique de base : confession et communion annuelle ! C'est quand même curieux que l'intolérance soit l'apanage des religions !

— Je ne nie pas tous ces errements, mais devrais-je pour autant tourner le dos à une Église qui prône l'amour des autres, la fraternité... Et le discours du Christ sur la Montagne, les Béatitudes, « *Heureux celui...* » n'est-il, pas le plus beau texte jamais écrit ?

— Je vous l'accorde. D'ailleurs votre Christ, je n'ai rien contre lui. Dieu ou pas, il demeure un visionnaire assez extraordinaire. Et le Nouveau Testament vient utilement corriger les errements de l'ancien. C'est en cela que le message chrétien rend ridicule les pratiques hypocrites issues de l'ancien. Religion des rites d'un côté et religion de l'esprit de l'autre. Ce qui me console, c'est que les religions sont en perte de vitesse.

On ne croit plus aux conneries enseignées pendant deux millénaires : le paradis, l'enfer, l'Assomption, la confession, la consubstantialité, la réincarnation par la résurrection de la chair. D'ailleurs l'Église chrétienne est bien embêtée avec ce dogme. De saint Jean en passant par Tertullien et saint Augustin, tous rament pour tenter d'expliquer l'impossible.

— L'islam ne semble pas en perte de vitesse...

— Certes, et c'est inquiétant. Mais, hélas, c'est comme la chrétienté au Moyen-Âge. Moins les esprits sont éduqués, plus les messages simplistes prospèrent. Le véritable ennemi des religions, c'est la connaissance et l'instruction. J'ai discuté une fois avec un maçon musulman. Il m'a expliqué que la Terre était plate et que tout ce qu'on raconte dans les écoles, c'est la vision des mécréants ! Inch'Allah !

Malési, dont la foi ressemblait à celle du charbonnier, prit plaisir à entendre ce contradicteur, érudit sur le sujet. Il s'était parfois posé des questions, mais jamais dans les termes soulevés par Lambertin. Cela l'obligeait à réfléchir et à trouver des réponses. Son interlocuteur était moins un contradicteur qu'un praticien de la maïeutique. C'était un autre lui-même qui argumentait et, en fin de compte, loin de le faire douter, il en ressortait parfois énervé mais rasséréné sur le fond de ses convictions. Mieux valait en effet être Socrate mécontent qu'un imbécile heureux.

— Attention, se permit d'ajouter Lambertin, la religion a inventé le catéchisme et celui-ci a réponse à tout. Et quand il ne l'a pas, il invente un merveilleux concept : le miracle. Sa définition ? Relisez votre vieux catéchisme : « Le miracle, c'est un phénomène que notre pauvre intelligence humaine ne permet pas de comprendre parfaitement. » Autrement dit : circulez, il n'y a rien à voir ! Voilà, vous êtes trop cons... C'est un peu comme un tableau abscons. On peut s'extasier et y voir ce que l'on veut. De doctes spécialistes vous diront que cela représente ceci ou cela. Ou bien ils useront d'une formule creuse du genre « Ce tableau d'une fascinante et étrange beauté représente la quintessence de l'angoisse humaine. Voyez ces bleu, ces orange, ces arabesques multicolores, c'est le monde dans toute sa complexité ». Arthur Cravan aurait ajouté : il aurait dit la même chose si le tableau *avait montré un homme versant du pétrole dans le cul d'une vache*.

Lambertin devint l'interlocuteur privilégié de Malési. Le critique d'art démythifiait le monde de la peinture et, du coup, il mettait à l'aise le

Réunionnais. Ils se chamaillèrent à propos du *street art*. Lambertin avait peu d'appétence pour cette forme d'expression. S'il reconnaissait qu'il pouvait y avoir de grands peintres dans le tas, il estimait qu'il s'agissait cependant d'un art mineur. Il appréciait Mauro Vasquez, Adriano Cuencas, Daredevil, Keith Haring, Os Gemeos. Ou bien encore Shepard Fairey. Mais il n'en démordait pas : « Cela peut être beau, mais rares sont les œuvres qui me donnent de l'émotion. C'est un art connexe. Il y avait la peinture, la sculpture, l'architecture. Maintenant, il y a le *street art*. »

Madame Malési n'appréciait guère Lambertin. Elle le trouvait souvent vulgaire, trop sûr de lui, et ne supportait pas qu'il soit encore plus cultivé qu'elle. Quand celui-ci était invité à dîner, ce qui arriva quatre ou cinq fois, elle ne cessait de le contredire et d'amener la conversation sur les sujets où elle se sentait le plus à l'aise : la littérature du dix-neuvième siècle. Elle possédait son Flaubert sur le bout des doigts et avait tout lu de Zola, Maupassant, Balzac et Hugo. Et Lambertin la renvoyait à Gary, Giraudoux, Modiano, Malraux. Et bien entendu Louis-Ferdinand Céline, dont il était un inconditionnel. Il avait lu tous ses livres et expliquait qu'après Céline, il était difficile d'écrire sans avoir l'air et le stylo pitoyables !

Madame Malési avait l'auteur du *Voyage au bout de la nuit* en horreur. Lambertin tenta d'être pédagogue, mais il dut renoncer car ce n'était plus une affaire de littérature, mais de rancœurs et de morale. Pendant ces échanges, parfois vifs, le Réunionnais, aussi peu concerné par le dix-neuvième que le vingtième siècle, en profitait pour récolter des bribes de connaissances, car il ne lisait plus depuis sa classe de philosophie. Ces échanges lui redonnèrent le goût de la lecture et malgré son peu de temps disponible, il se lança dans *Mort à crédit*.

Lambertin, qui avait connu la création d'entreprise, ne cachait pas son admiration pour la réussite de Malési. Voyant toutefois la façon dont ce dernier vivait, accaparé qu'il était par son travail dix à quatorze heures par jour, il ne regrettait pas son échec. Il ne pouvait pas s'offrir le *Fouquet's* ou *La Tour d'Argent,* mais il travaillait à son rythme et se passionnait pour ce qu'il faisait. Il aimait la critique acerbe, et il admettait avoir souvent la dent dure. Il regrettait qu'on ne puisse plus dire ce que l'on a envie :

– On nous les a coupées, oui, mon cher Malési, on nous a castrés. Tous ces groupuscules, libertaires, féministes, droits-de-l'hommistes, projuifs, antijuifs, néonazis, écologistes tendance Pol Pot, écologistes défenseurs de l'éclairage bougie, écolos anti sapins de Noël, écolos retour Néandertal et pierre à feu, partisans de l'écriture inclusive, lobby homosexuel, lobby LGBT et j'en passe... Ils vous tombent dessus à tout propos. On ne peut pas dire du mal d'une peintre pourtant nulle à chier. Non, on a les féministes sur le dos ! Relisez les critiques de Cravan et vous verrez la vertigineuse perte de la liberté d'expression. On ne peut plus rien dire. Tenez, dans mon métier, certains écrivent pour d'autres, on les appelait les nègres. Eh bien, on ne peut plus utiliser ce mot. Il faut dire : écrivain qui écrit pour un autre monsieur. Cela a commencé avec le gâteau *Tête de nègre*. Exit l'appellation. Moi, je l'aurais renommé du nom du personnage à l'origine de cette cabale, oui il faut l'appeler *Tête de con*, ce gâteau ! On déboulonne les statues, bientôt on va supprimer Napoléon des livres scolaires et de l'Histoire de France.

Pensez-donc : il a rétabli l'esclavage ! Jusqu'où remonter ? Au pilori de l'histoire, ceux qui ont inventé la loi salique ! À mort, les députés qui se sont opposés jadis au vote des femmes. Au ban de l'histoire, Philippe IV le Bel qui a viré les juifs de France puis les a lourdement taxés lors de leur retour. Épurons notre littérature ! À l'index,

Voltaire, pour avoir affirmé que *l'homosexualité est un sujet honteux et dégoûtant... une abomination, une turpitude... un attentat contre nature.* Et Flaubert ? À la poubelle de l'histoire pour avoir dit que la femme *est une espèce stupide, un animal vulgaire dont l'homme s'est fait un trop bel idéal.* Quant à Jean-Jacques Rousseau, il mérite le peloton d'exécution pour sa sortie dans *l'Émile : la femme est faite pour céder à l'homme et pour supporter même son injustice...* Quant au pauvre Hergé, il faut le pendre haut et court ! Pensez-donc, son *Tintin au Congo*, quelle horreur raciste ! Eh oui, vive la nouvelle épuration ! À quand la tonte des malpensants ? Pauvre France et surtout pauvres cons ! Terminée la publicité *Y a bon Banania* ! On ne peut plus commander *un petit noir,* mais on a le droit de demander *un petit blanc.*

— Vous semblez passionné par le sujet...

— Oui, c'est vrai car c'est le début de la fin de la liberté.

— Je partage votre inquiétude. Dans mon univers, c'est moins criant, le monde des affaires reste assez loin de ces phénomènes de société. Il me semble que ça ne concerne que des minorités, des excités, des *losers* n'ayant rien d'autre à faire ou bien encore les amateurs de cette plaie moderne que sont les réseaux sociaux.

— Vous avez en partie raison. Mais il faut être vigilant. Voyez l'histoire de l'écriture inclusive ou la féminisation de mots masculins. Ces minorités profitent de la lâcheté des hommes et... femmes politiques. Les politicards tremblent devant les faiseurs d'opinion, cèdent à toutes les jacqueries, se déculottent devant des anarchistes habillés en jaune ou en rouge. Et tout cela finit par des chemises brunes.

— Dans notre milieu, ce n'est pas la préoccupation première ...

— Je sais. *Business as usual !* Les juifs commerçaient bien avec les nazis au début de la guerre.

— Reconnaissons-le : davantage de lesbiennes, plus de gays, c'est pas cela qui fait frémir le CAC 40. En revanche, les écolos peuvent nous faire du mal. Mais qu'on se rassure, ils sont comme les mafieux corses : ils se flinguent entre eux.

- 21 -

Alexandre Lambertin n'aimait pas trop les personnages qui tenaient le haut du pavé. L'argent lui inspirait la méfiance et il se commettait rarement avec les hommes de pouvoir ou les gens fortunés. On essayait souvent de le soudoyer par des invitations tant on redoutait sa plume. Il n'acceptait jamais ces compromissions. Le cas Malési était tout autre. Cet homme « bourré aux as » comme l'admettait le critique, n'avait pas cette suffisance propre à ceux qui sont nés avec une cuiller d'argent dans la bouche ou que les hasards de la vie ont établis en nouveaux riches. De surcroît, il n'avait nullement besoin de ses services. Leur relation ne souffrait donc pas de péché originel.

Ce qui attira Lambertin chez ce personnage au parcours méritoire tenait à la façon dont il vivait. Oui, il promenait sa Rolls ou sa Ferrari, oui, il occupait un appartement qui eût pu accueillir quatre couples avec enfants, oui, il avait un train de vie conséquent. Pourtant, sa manière de vivre demeurait simple, ses goûts jamais excentriques.

Quand sa femme était absente et qu'il recevait Lambertin, il faisait lui-même la cuisine alors qu'il aurait pu faire appel à un traiteur de renom. Il privilégiait les recettes de son île et particulièrement celles de sa mère, une fine cuisinière inventive. Pas de personnel de service obséquieux, pas de vins dont un verre coûterait trois fois le SMIC. Sa réussite n'était jamais évoquée, même si on sentait chez cet homme un ego surdimensionné. Mais on le ressentait plus qu'on ne le voyait. Certains egos sont démonstratifs, celui de Malési était essentiellement intérieur.

Au fur et à mesure de leur fréquentation, le critique estima que Malési constituait une énigme. Les contradictions s'empilaient. Il pouvait être généreux, mais ses largesses étaient freinées par une certaine paresse intellectuelle. Il eût aimé un monde d'harmonie et sans chaos, pourtant il ne levait pas le petit doigt pour changer les choses. Ce point heurta Lambertin. Malési s'en expliqua :

— Voyez-vous, je ferais preuve facilement d'altruisme et de générosité envers mes compatriotes de l'île de La Réunion. Mais je considère que la solution n'est pas là. Cela ne ferait qu'accentuer les faiblesses congénitales. Il faut que les iliens se prennent en main et cessent de se conduire en assistés.

— C'est facile de dire cela. D'abord, cela justifie votre immobilisme et puis à vous le beau rôle : faites comme moi, secouez-vous les fesses, battez-vous, la réussite est au bout !

— En quelque sorte. Je pense sincèrement que l'assistanat a tué une partie des initiatives. On vit de prestations, d'aides, de primes à ceci, primes à cela...

— Pour vous, seul le dénuement total autorise la prise de risques ?

— En quelque sorte.

— En fait, vous n'avez rien fait de concret pour vos congénères, sinon organiser des manifestations culturelles dont le peuple n'a rien à faire...

— Vous êtes dur... Mais pour tout vous dire, cela fait des années que je réfléchis au sujet. C'est compliqué. Quand je serai mûr, je prendrai une initiative majeure.

— Vergès ne vous a-t-il pas montré la voie ?

— C'est un homme que je vénère, même si nos opinions politiques divergent. Mais, en effet, il a beaucoup fait pour l'île. C'est de ce point de vue un modèle.

— Alors, à quand la grande initiative ?

— Patience, cela va venir.

Malési comprit qu'Alexandre Lambertin était sa mauvaise conscience, l'autre partie de lui-même avec laquelle il n'était jamais en paix. En cela, la fréquentation d'un tel homme l'obligeait à pousser plus avant ses réflexions, à bousculer un peu sa nature, laquelle, sans jamais être au repos, avait tendance à tourner en rond.

Un événement dramatique vint chasser ses interrogations. Laurent Christo, son ancien associé dans les assurances des prêts immobiliers, avait mis fin à ses jours. Ses adversaires l'avaient ruiné. Les compagnies d'assurances avaient été mises en liquidation. Il s'était retrouvé acculé et sans ressources, une fois épuisées celles qu'il siphonnait à partir de ses comptes en Suisse. Le fisc s'en était mêlé et le gros de ses placements paradisiaques avait fini dans les caisses de Bercy. C'était plus que pouvait en supporter Christo. Sa compagne, une Eurasienne rencontrée à Phuket six ans auparavant, le retrouva sans vie dans son lit. Bien qu'il eût pour l'individu peu d'empathie, Malési reçut en dépit de leurs divergences, un choc. Lui aussi avait connu des heures difficiles et des déboires financiers.

Il s'en était sorti. Ils partageaient tous deux l'envie d'entreprendre, ils avaient réussi à force de travail même si Christo devait à son père une grande partie de sa réussite. L'ego de Christo n'avait rien à envier à celui du Réunionnais. Mais le premier était obstiné jusqu'au déni des réalités, alors que Malési, en digne disciple de La Fontaine, savait plier pour ne pas rompre.

Malési avait connu comme lui un revers dévastateur. Il s'en était sorti. Il ne put s'empêcher d'imaginer ce qu'il fût advenu dans un scénario catastrophique : refus de la banque de négocier, intransigeance de la mandataire de justice et des créanciers, prolongement de la crise immobilière... S'il comprenait que l'assureur ait pu mettre fin à ses jours, il se dit qu'une telle sortie ne correspondait pas à son propre tempérament. Il fallait beaucoup de lassitude et encore plus de courage. Il n'avait pas ressenti le poids de la première et avait une peur panique devant la douleur et la vue du sang. Certes, un bon empoisonnement pouvait éviter cette étape désagréable, mais il redoutait d'affronter le tribunal divin.

Ses déboires et ses revers n'étaient pas de nature à le pousser au suicide. Venu d'un milieu modeste, rompu à affronter les adversités, il savait qu'il était en mesure de retrouver une vie simple

« même si je dois manger des nouilles tous les jours ou du rougail midi et soir et vivre dans 10 m^2. » Ses convictions religieuses le mettaient aussi à l'abri d'un geste fatal. La religion interdisait le suicide. Cela le confortait. Ce ne serait donc pas un manque de courage.

Christo était mort, lui était vivant. Alléluia !

Ces considérations le conduisirent naturellement à une action de grâce dans le petit oratoire qu'il avait aménagé dans son appartement : *Merci, mon Dieu pour tous vos bienfaits, gardez mon âme dans la paix et que mon cœur joyeux vous chante à tout jamais...*

Ah, si Christo l'avait écouté... Il serait toujours de ce monde. Prions pour l'âme de Christo...

C'est peu de temps après la mort de l'assureur que la belle façade de la *success story* de Malési se lézarda. Cette fois, cela ne fut le fait ni d'une crise immobilière ni d'un krach boursier et encore moins de banquiers indélicats. C'est au sein même de la famille que la tornade prit naissance. Depuis quelques mois, un climat pesant s'instaurait. On sentait que le temps pouvait tourner à l'orage même si on apercevait encore de larges pans de ciel bleu. Des silences pesants, des remarques inhabituelles s'invitaient dans la vie du couple. Pas de quoi inquiéter les protagonistes, mais c'était suffisant pour alerter leur esprit affûté.

Cet état dura plusieurs mois. Un fossé, creusé à l'aide de non-dits, s'élargissait. On sentait une tension monter, alors qu'aucun fait objectif ne pouvait laisser penser qu'une situation irréversible se dessinait dans leur futur proche. Il est vrai que la conduite de l'un et de l'autre ne donnait pas prise aux motifs habituels qui conduisent un couple à se séparer. Pas de trahison, pas de liaison adultère, pas même une jalousie justifiée. Malési travaillait plus que de raison et il avait le tort de donner la primauté à ses affaires. Sa femme devait se contenter de lambeaux d'attention et de rognures d'affection. Elle devait en souffrir. Mais pour qu'il puisse corriger un tel comportement, encore eût-il fallu qu'il en soit conscient. Malési était aveuglé par sa boulimie d'activité.

Même si des tensions voyaient le jour, tout demeurait encore sous contrôle. Entre gens de bonne compagnie, les passes d'armes se font à fleuret moucheté. On ne part pas à l'abordage sabre au clair. Chacun de son côté essayait de comprendre pourquoi, sans motif manifeste, le conjoint s'éloignait telle une barque qui a largué son amarre et qui glisse loin de la berge au fil de l'eau.

- 22 -

Madame Malési songeait souvent aux vers de Paul Verlaine : *C'est bien la pire peine de ne savoir pourquoi sans amour et sans haine mon cœur a tant de peine.* Oui, c'était cela : la barque s'éloignait sans bruit, inexorablement dans un silence angoissant.

Il devenait manifeste que madame Malési n'était plus sous le charme de son mari et que sa dépendance matérielle commençait à lui peser. De son côté, celui-ci ne faisait rien pour jeter des ponts entre eux, comme s'il laissait au destin le soin de décider de son avenir. Cela n'était évidemment pas de nature à suturer les plaies qui s'étaient ouvertes.

Malési, le catholique pratiquant, fut obligé d'envisager le pire. Il s'en ouvrit à Alexandre Lambertin :

– Cela devient dur, ma femme me snobe, je crains sérieusement qu'elle envisage le divorce, vous vous rendez compte, le divorce !

— Bon, oui, et alors ? Ce n'est pas une maladie grave, on en meurt rarement.

— Mais le divorce n'est pas autorisé par l'Église catholique ! Et je sens que ma femme prend une indépendance qui ne peut que conduire à cette triste conclusion.

— Excusez-moi de vous parler franchement : les interdits de l'Église sentent la naphtaline et le moisi. Ce n'est pas le problème.

— Il est où, alors ?

— Dans un divorce, on peut se bouffer le nez, s'étriper, on peut s'envoyer la vaisselle à la figure, mais on finit par en venir aux choses sérieuses.

— C'est quoi ?

— L'aspect économique, la finance, le partage... Voilà les vraies contraintes et la source de toutes les embrouilles. Un de nos grands patrons du CAC 40, qui de notoriété publique entretenait des maîtresses et a fini d'ailleurs par vivre avec la dernière en date, m'a fait la bonne réponse quand je lui ai demandé pourquoi il ne divorçait pas.

— Et c'était quoi, la bonne réponse ?

— Je n'ai pas les moyens, m'a-t-il répondu ; il était paniqué à l'idée de devoir tout couper en deux : le cash, les immeubles, le yacht, la propriété à Cannes, la maison de Courchevel, le portefeuille boursier, les actions de son groupe... Il a passé son temps à négocier des *gentlemen's agreements* avec sa femme légitime. Il avait interdiction de paraître en public avec sa concubine. De son côté, il lui versait une rente mensuelle de vingt mille euros et payait tous les frais de leur maison de Fontainebleau où, bien entendu, il n'avait plus le droit de mettre les pieds.

— Et cela a fonctionné ?

— Et cela fonctionne toujours.

— Un accord qui lui coûte cher.

— Une goutte d'eau par rapport à un divorce. Songez-y... Mais quelle est la raison profonde qui vous conduit à cette situation que vous redoutez ?

— Je... je ne sais pas.

— Alors, c'est tout simplement l'usure du temps. Sans doute êtes-vous d'accord tous les deux sur un point.

— Lequel ?

— Vous arrivez à un moment de votre vie où il vous faut de l'air. Vous étouffez. Le quotidien a pompé l'oxygène. Trop occupé par vos affaires, vous avez laissé madame prendre en charge tout le fonctionnement de la maison et l'éducation des enfants. Et elle en a assez d'être l'épouse d'un fantôme habillé en businessman. Sans doute a-t-elle envie de se prouver des choses, de montrer que la vie peut exister sans vous. Vous l'entretenez, mais vous ne la faites plus rêver. Votre rôle, de surcroît, s'est limité à celui de banquier de la famille. Je me trompe ?

— C'est excessif, mais il y a un peu de cela...

— Tous deux, vous étiez en apnée, vous réclamez de l'air. Donc, je vois mal une autre issue qu'une séparation... Et c'est là que vos emmerdements vont commencer.

— Ma femme n'est pas une femme d'argent.

— Rassurez-vous, ça va venir et plus vite que vous ne le croyez...

Une fois de plus, avec son franc-parler, Lambertin lui avait apporté de la matière pour nourrir sa réflexion.

Quand les divergences entre les époux aboutirent à l'échange de propos véhéments ou excessifs, la bonne éducation eut à en souffrir. Le climat devint celui de banales scènes de ménage dont les motifs de déclenchement se retrouvent dans tous les foyers en rupture de ban. Il est difficile de faire preuve d'originalité en la matière.

On en vint à évoquer la séparation puis le divorce. Il fallut une période d'incubation longue et pénible de l'idée chez Malési. Il rechignait à passer par une telle extrémité tout en admettant que c'était un aboutissement logique. Si l'idée faisait son chemin, le passage à la pratique lui paraissait encore inacceptable. C'était sa première rupture avec l'enseignement de l'Église et elle lui coûtait. Il songea à s'en ouvrir au père Lamoignon, curé de sa paroisse, mais, sachant que celui-ci avait des penchants intégristes, il jugea la démarche inutile et préféra retrouver sa mauvaise conscience, c'est-à-dire Lambertin.

– Je suis déchiré entre deux attitudes contradictoires : divorcer et me mettre au ban de l'Église ou rester dans une relation à bout de souffle et même devenue invivable. Je sais que les principes chrétiens ne sont pas votre priorité mais j'aimerais, qu'un instant, vous vous mettiez à ma place et me donniez des éléments complémentaires de réflexion.

– Ah, mon cher Malési, je crois savoir que votre Église n'a plus la rigidité absurde du passé et qu'elle prend en compte l'évolution de la société. Et puis le pardon, cela existe, non ? Songez au roi David, ce grand pêcheur devant l'Éternel. Quelques beaux psaumes en signe de repentance et Yahweh lui pardonnait. Et puis, laissez votre femme demander le divorce, de ce fait, vous n'y serez pour rien !

— C'est de l'hypocrisie pure !

— Non, c'est du judaïsme. Les préceptes sont respectés à la lettre, l'esprit reste au vestiaire. Et puis de toute manière, votre choix est déjà fait.

— Comment cela ?

— Rappelez-vous Sartre : *Quand je délibère, les jeux sont faits* ! Si vous êtes venu me voir, c'est bien que vous avez déjà tranché : vous divorcerez !

Ainsi parla Lambertin, ainsi fut fait.

Du moins sur le principe. Les modalités furent plus délicates. Comme l'avait prévu Lambertin, après avoir donné l'impression que le côté matériel ne l'intéressait pas, madame Malési durcit sa position jusqu'à émettre des prétentions auxquelles son mari n'avait pas songé. Oui, elle voulait tout ! Tous ses droits et au-delà... La négociation fut interminable, pénible et nauséeuse.

— Le prix de la liberté, se contenta de commenter Lambertin.

— Elle me dépouille ! Je n'aurais jamais cru...

— C'est lors du divorce que l'on connaît enfin les gens. J'en sais quelque chose... mais vous verrez, on s'en remet. Plaie d'argent n'est pas mortelle. C'est plus dur de digérer le reste : le sentiment d'échec, l'amertume, l'amour-propre blessé, les bons souvenirs entrainés dans le flot des derniers, les mauvais, vers le puisard.

L'année qui suivit la séparation s'avéra difficile pour Jean-René. Il se lança à corps perdu dans son travail.

Malési eut le sentiment de rajeunir. Il réalisa quelques opérations en province dont deux à La Baule. Cette ville coincée entre Le Pouliguen et Pornichet, adossée au parc naturel de Brière, flirte avec la Bretagne et le golfe du Morbihan. Avec un vent de bon vouloir ou un coup de moteur, on peut gagner Houat et sa grande plage, Hœdic ou Belle-Île. On peut aussi aller faire son marché aux poissons et crustacés à La Turballe ou humer l'air salé de Guérande.

La ville le séduisit.

Après avoir mené à bien ses opérations immobilières, il y retourna pour le plaisir. Dès lors, il prit l'habitude d'y séjourner trois à quatre fois chaque année. Il descendait au *Royal Barrière* et réservait une suite face à la mer. Il avait bien connu Lucien Barrière, l'homme qui avait développé le groupe. Il était fait pour s'entendre avec un homme qui avait commencé sa vie comme petit viticulteur ardéchois dans l'exploitation familiale.

Du jour au lendemain, celui-ci fut appelé par son oncle, qui n'avait pas d'héritier, pour lui succéder à la tête de ce groupe déjà important qui réunissait des casinos et des hôtels à Cannes et Deauville. Ils se retrouvaient une fois par an au casino d'Enghien. N'ayant pas une grande confiance en sa fille (adoptive) et en son gendre, Lucien se rapprocha du groupe Accor, auquel il demanda de prendre une participation et de veiller aux intérêts de la société après sa mort. Celle-ci intervint plus tôt que prévu. L'héritière, Diane, prit les affaires en main et, contrairement à tous les pronostics, géra avec habileté l'empire casinotier. Malési la connaissait peu et s'éloigna de la famille. Il eut un choc quand il apprit l'accident de Diane qui la rendit tétraplégique. Elle mourut six ans plus tard dans la fleur de l'âge.

Par fidélité à Lucien, Malési descendait toujours dans les hôtels Barrière, que ce soit à Deauville, Cannes ou La Baule. Il appréciait de voir le portrait de l'homme qui avait développé le groupe et l'avait positionné tout en haut de l'échelle de l'excellence. Il lui était arrivé de rencontrer à l'occasion le père des enfants de Diane, Dominique Desseigne, qui, contrairement aux craintes de son beau-père, réussit non seulement à gérer le groupe, mais à le développer de manière significative. Le courant n'était pas vraiment passé entre les deux hommes. Une question de tempérament et d'échelle de valeurs.

Malési, depuis son divorce, se surprenait à prendre davantage de temps libre. Cette attitude paradoxale avait été décryptée par Lambertin : le travail était un refuge, une fuite en avant, maintenant qu'il était libre, il avait moins de raisons de s'abîmer dans les affaires.

Alors, il retournait dans son île pour une exposition de *street art*, il filait passer un week-end à La Baule ou bien il courait les expositions de peinture et les vernissages. On le vit aussi plus souvent au Parc des Princes pour suivre les matchs du PSG. Là, il était en milieu familier même si la fréquentation des loges dégageait un peu trop des odeurs tenaces d'hommes politiques. Sarkozy avait lancé la mode, et depuis, il était de bon ton de se rendre porte d'Auteuil pour les grands rendez-vous du ballon rond. À la différence de ces visiteurs du soir il avait, lui, la légitimité. Il avait connu et soutenu beaucoup de joueurs et il avait conservé des liens avec nombre d'entre eux. Durant la mi-temps, on jouait des coudes dans un espace réduit.

Conserver sa coupe de champagne à la main relevait de la performance. Les propos étaient le plus souvent sans intérêt. Mais on ne venait pas pour discuter, on était là pour être vu, pour se croire important auprès de gens qui, eux, pouvaient l'être. Et puis il y avait ceux qui s'intéressaient vraiment au football et attendaient avec impatience la reprise du match.

Le meilleur moment et l'endroit le plus indiqué pour converser, c'est quand on déserte le salon de la foire d'empoigne et qu'on regagne son siège. Si votre voisin ne vous snobe pas, une conversation peut s'engager. Le plus souvent, on se découvre des relations communes ou des centres d'intérêt identiques. Ce n'est tout de même pas par hasard qu'on se retrouve en tribune présidentielle au Parc des Princes ou au Stade de France ou encore dans une loge au Palais Garnier ! Parfois on n'a plus rien à se dire au bout de cinq minutes et le coup de sifflet de départ de la seconde mi-temps intervient comme une délivrance.

En habitué des lieux, Malési avait fini par fréquenter un noyau de fidèles de la tribune VIP. On se retrouvait avec plaisir, mais à la fin du match, chacun se hâtait de rejoindre sa voiture ou son chauffeur. On jouait rarement les prolongations en dehors du stade. Quand le PSG rencontrait Guingamp ou Caen, on se marchait moins dessus. Mais si Marseille était à l'affiche ou s'il s'agissait d'un match de Ligue des Champions, c'était l'enfer.

Le premier cercle pleure pour avoir des places auprès du maire de Paris ou auprès du président de Région qui reçoivent quelques billets en tribune présidentielle en échange de leurs subventions. Le hasard vous met alors à côté d'une vedette de cinéma ou d'un chanteur en vogue. Le calcul des probabilités penchait, à cette époque, en faveur de Depardieu, Bruel, Youn, Debbouze ou encore Timberlake. Certains sont là uniquement pour se faire voir, ignorant tout de ce jeu. Il en est même qui s'étonnent qu'il n'y ait qu'un seul ballon pour vingt-deux joueurs.

Lambertin s'intéresse peu au football, mais sur l'insistance de Malési, il a assisté à un PSG/Marseille. Il fut sidéré par la grossièreté des supporters. Son opinion sur cette catégorie humaine fut définitivement arrêtée. Ce soir-là, suite à une erreur d'arbitrage, le club de la capitale fut volé d'une victoire qui ne se discutait pas. Du coup, les injures descendirent de tout le stade et même de la tribune présidentielle. L'invité de Malési surprit un avocat de renom, assis devant lui, à hurler une insanité utilisée presque exclusivement par les kops Auteuil et Boulogne.

— Alors, ce match vous a plu ?

— Ma foi, c'est plaisant, mais quelle vulgarité !

— On s'y fait, en fait on oublie cet aspect...

— Le supporter moyen doit avoir un QI des plus réduits...

—Détrompez-vous. Il y a parmi eux des cadres supérieurs, des patrons de PME, des fonctionnaires... Mais quand ils sont là, ils se défoulent !

— J'ai entendu, en effet.

Le chauffeur de Malési les attendait en double file au rond-point de la porte de Saint-Cloud. Depuis qu'il était célibataire, le Réunionnais se souciait moins de ses horaires. Il proposa à Lambertin de prendre un verre chez lui. C'était une démarche inhabituelle, mais il avait envie de parler. Il demanda au chauffeur d'arrêter la voiture en haut de l'avenue pour finir à pied. En ce début de mois d'octobre, l'air était tiède. L'été connaissait un soubresaut puisque l'anticyclone des Açores campait solidement sur ses positions depuis la mi-septembre. Une brise du sud caressante renforçait le bien-être de la soirée. Quand on se sent bien, on est plus enclin à bavarder.

Les relations entre les deux hommes appartenaient au domaine de l'irrationnel. Lambertin avait peu d'appétence pour les indigènes du XVIe arrondissement et méprisait l'argent. Quant à Malési, il ne ressentait pas la nécessité de tisser des liens plus personnels avec qui que ce soit. Il se suffisait à lui-même. Mais son divorce et sans doute la maturité qui vient avec l'âge, modifièrent son rapport aux autres.

De surcroît, les affinités artistiques établirent un pont entre les deux hommes. La peinture constituait le trait d'union. Au-delà de l'art, le critique ne pouvait s'empêcher d'admirer celui qui avait réussi là où il avait lui-même échoué, et ce dernier entretenait une admiration discrète mais sincère pour le journaliste.

Ce soir du match PSG/Marseille, il fut question dans le somptueux appartement de Malési de religion. Lambertin aimait taquiner le Réunionnais sur ses croyances :

— Je ne suis pas un fan de football mais voyez-vous, Jean-René, je préfère assister à un match plutôt qu'à un office !

— Vous plaisantez, j'espère, cela n'a rien à voir.

— Je sais, je vous taquine, mais je m'étonne qu'un homme comme vous sacrifie à ces rituels. C'était bon pour la période d'obscurantisme.

La crédulité entretenue par l'Église constituait le terreau propice à toutes les surenchères mises au point par les conciles successifs. Aujourd'hui, les gens sont éduqués, pour la plupart, donc les yeux s'ouvrent, le fanatisme recule. Sauf chez les musulmans, normal, les pays concernés sont ceux qui sont les moins instruits. D'ailleurs, ne nous y trompons pas : les talibans interdisent l'école pour les femmes et l'éducation est essentiellement tournée autour du Coran. Donc, l'islam a encore de beaux jours devant lui.

— Je suis d'accord avec vous sur ce dernier point, Alexandre. Pour ce qui concerne la religion catholique, elle n'est pas basée sur l'obscurantisme.

— Elle l'a été durant plus de mille ans !

— Je vais vous faire une confidence : quand je suis souffrant, je regarde la messe à la télévision ! La messe pour moi, c'est essentiel. L'Église a su s'adapter...

— Que nenni, mon ami. Quand elle l'a fait, c'est au détriment de ses parts de marché ! Quand elle a décidé de supprimer la messe en latin, elle a certes fait preuve de lucidité, mais elle a perdu une partie de ses fidèles. Quand les gens ignoraient le sens de ce qu'ils entendaient, ils pouvaient penser qu'il s'agissait de formules magiques. Le mystère était là. Mais maintenant il n'y a plus de mystère. Brassens l'a dit mieux que moi !

Lambertin se mit à chanter :

A la fête liturgique
Plus de grand's pompes, soudain
Sans le latin, sans le latin
Plus de mystère magique
Le rite qui nous envoûte
S'avère alors anodin
...
Ils ne savent pas ce qu'ils perdent
Tous ces fichus calotins
Sans le latin, sans le latin
La messe nous emmerde
Le vin du sacré calice
Se change en eau de boudin
Sans le latin, sans le latin
Et ses vertus faiblissent
A Lourdes, Sète ou bien Parme
Comme à Quimper Corentin
Le presbytère sans le latin
A perdu de son charme
O très Sainte Marie mèr' de
Dieu, dites à ces putains
De moines qu'ils nous emmerdent
Sans le latin !

— Brassens a bien prédit ce qui arrive, non ?

— Je considère au contraire que le passage au français a été déterminant. De spectateur, le fidèle est devenu un véritable participant. On est revenu à l'époque des premiers chrétiens avant que l'institution au fil des siècles ne dénature la cérémonie en multipliant les rites, les textes, les symboles inutiles. La réforme de 1965, c'est un vrai retour aux sources. Il n'y a pas eu que l'abandon du latin. C'est à ce moment-là que le prêtre a cessé de tourner le dos aux fidèles et leur a fait face. C'est à la même époque que le sermon est remplacé par une lecture d'un texte sacré. C'est aussi le tournant de l'art dans les églises. On a fait la chasse aux styles pompier et Saint-Sulpice pour revenir à un art dépouillé.

— C'est vrai. Fini le Sacré-Cœur qui dégouline et la Vierge rose bonbon et les saint Joseph, saint Antoine ou saint Truc ne semblent plus sortir de la devanture des charcutiers et du saindoux.

— Ah, vous voyez, l'Église sait se réformer !

— Si vous voulez. Reste qu'elle n'a pas touché aux dogmes ridicules... L'Assomption, l'Immaculée Conception... D'ailleurs, j'affirme que, si on croit à ce dernier dogme, saint Joseph a été le plus grand cocu de l'humanité ! Non, croyez-moi, mieux vaut penser que Joseph l'a mise enceinte, la petite Marie... Cela ne change rien au reste et au fait que votre Jésus a fait des choses extraordinaires. Et qu'il mérite bien que vous le célébriez ! Vous voyez, je ne suis pas sectaire... En tout cas, Jean-René, même si je demeure réfractaire à tout cela, je reconnais que vos arguments dépoussièrent un peu le sujet.

- 23 -

Malési voyait rarement ses enfants qui travaillaient, l'un aux États-Unis, l'autre au Brésil. La distance n'arrange pas les relations familiales, même si les avions et les téléphones mobiles permettent de maintenir les liens essentiels. Le monde moderne n'a pas que des inconvénients.

Alors qu'il était le premier à utiliser les nouvelles techniques et les nouveaux moyens de financement, il était réfractaire à la navigation sur le net. Il est vrai que depuis des années, une secrétaire lui donnait de mauvaises habitudes en effectuant les recherches à sa place. Les téléphones portables représentaient pour lui un casse-tête et il se limitait à passer ou recevoir des appels et à lire les messages. Les nouvelles applications qui rendaient les utilisateurs accros lui étaient étrangères. En revanche, il fut un des premiers à utiliser les Tokens et à se lancer dans les ICO (Initial Coin Offerings). Il leva des fonds pour financer ses programmes immobiliers avec cette cryptomonnaie.

Pour lui, qui avait toujours regardé les banques avec défiance, ces nouveaux moyens de financement permettaient de les contourner et de réaliser des économies considérables.

Malési, s'agissant des affaires et des ficelles pour gagner de l'argent, possédait un flair qui laissait son entourage pantois. Il ne bouda pas son plaisir en faisant un pied de nez à ses banquiers qui virent leurs encours avec lui fondre comme neige au soleil. Ce moyen de financement innovant donna un souffle nouveau à ses affaires.

C'est au cours de cette période faste qu'il songea à créer une fondation pour aider les jeunes Réunionnais. Il se souvint que son destin avait été tracé en grande partie par la rencontre avec une journaliste en visite dans l'île et surtout par l'octroi d'un billet d'avion pour Orly mis à disposition par le Bumidom. Ainsi songeait-il à financer des billets d'avion pour des jeunes méritants et à leur trouver un hébergement en région parisienne et à les aider à s'inscrire dans les universités ou grandes écoles. Il importait de définir les critères d'attribution et les conditions à respecter pour les candidats au voyage. Pour ne pas pénaliser le développement de l'île, il songea à limiter les secteurs d'activité à ceux qui ne trouvaient pas leur place à La Réunion.

Cela devait favoriser les jeunes qui se destinaient au monde scientifique, dont la physique nucléaire, et à la recherche.

Il chargea l'un de ses collaborateurs de mener à bien la préparation de ce chantier et constitua un petit groupe de réflexion en y incorporant un avocat recommandé par Lambertin ainsi qu'un polytechnicien travaillant à Saclay, rencontré dans une exposition de peinture au Grand Palais. L'homme avait été conquis par le projet de Malési et avait spontanément proposé son concours.

Les plaies nées de son divorce se cicatrisaient. Après le violent orage, il découvrait un ciel de traîne. Son ex-femme, après l'avoir harcelé par des appels de son avocat, peu amènes, pour des prétextes divers et de peu d'intérêt, avait eu la bonne idée d'oublier celui qui avait été son mari. Malési, en homme pragmatique, avait tourné la page même s'il ne mettait pas dans la poubelle de l'histoire les jours heureux vécus avec sa femme. Elle demeurait la mère de ses enfants et il n'oubliait pas le rôle qu'elle avait joué auprès d'eux.

Le passage à la vie d'après fut facilité par une rencontre fortuite. Le football n'est pas qu'un jeu de ballon. On y croise dans les tribunes ou dans les loges de surprenantes personnes. On y fait donc parfois des rencontres impossibles... C'est ce qui arriva à Jean-René Malési.

Ce soir-là, il assistait avec Lambertin à un match de la Ligue des Champions. C'était l'époque du règne du Qatar. En Europe, on commençait à prendre le PSG au sérieux. Des vedettes étaient recrutées à prix d'or. D'abord David Beckham puis Ibrahimović. Bientôt viendrait le tour de Mbappé, Neymar, Messi...

À la mi-temps du match, Antoine Gardela, le patron incontesté du plus grand empire de médias français envoya une hôtesse pour signifier à Malési qu'il souhaitait le rencontrer. Malési fut honoré et se rendit à sa loge. Il eut le temps d'échanger trois mots avec l'hôtesse et de se rendre compte qu'elle était sublime. L'entretien avec le magnat de la presse dura quelques minutes, le temps d'absorber le contenu d'une coupe de champagne. Il n'y avait pas de motif impérieux à cet échange impromptu. Mais Gardela tenait à rencontrer l'homme qui avait fait la une de plusieurs de ses hebdomadaires. En regagnant sa propre loge (plus modeste que celle du magnat de la presse), il croisa à nouveau la sémillante hôtesse. Il lui dit tout le bien qu'il pensait d'elle et lui tendit une carte de visite :

— Appelez-moi, mademoiselle, j'ai des choses à vous dire et à vous proposer. Oui, je m'en doute, des cartes de visite, vous devez en avoir une collection. Mais la mienne est particulière.

— Ah oui ? Et pourquoi donc ?

— Elle appartient à un homme sincère qui, depuis qu'il vous a vue, considère le monde d'avant bien fade. De grâce, promettez-moi de m'appeler...

— Le match a repris, regagnez votre place.

— À la condition que vous promettiez...

— De vous appeler.

— Oui, c'est tout à fait cela.

La jeune femme sourit et d'un ton amusé, elle finit par dire :

— C'est promis.

— Super, alors à demain.

— Je n'ai pas dit que j'appellerai demain !

— Alors, après-demain.

— C'est d'accord, sauvez-vous.

Malési s'intéressa peu au match. Lambertin pour une fois était plus passionné que lui par l'empoignade des vingt-deux sportifs.

La jeune femme qu'il avait rencontrée avait de quoi troubler le Réunionnais. Elle avait un visage d'une finesse frisant la fragilité, des yeux noirs qui vous collaient la boule au ventre et une bouche...

Ah, cette bouche... La lèvre supérieure toute en ondulation et dont la forme rappelait celle des fines moustaches des hommes au début du siècle dernier. Les cheveux d'un châtain foncé tombaient sur les épaules et encadraient le léger ovale du visage.

Malési fut sous le charme. Il avait pourtant conscience que cette personne n'appartenait pas à la même génération. Elle avait sans doute au moins trente ans de moins que lui. Il n'avait plus le physique envoûtant de sa jeunesse. Cette femme était même sans doute plus jeune que sa fille ! Il était pourtant troublé. Il songea aux vers de Racine :

Je le vis, je rougis, je pâlis à sa vue
Un trouble s'éleva dans mon âme éperdue
Mes yeux ne voyaient plus, je ne pouvais parler
Je sentis tout mon corps et transir et brûler.

Ah, cette définition du coup de foudre, comme elle lui allait bien !

Mais Jean-René Malési était un être doué de raison qui avait les pieds sur terre. Il voulait éviter de bâtir des châteaux en Espagne... Pourtant, si la raison se montrait réticente à entretenir des chimères, le cœur avait ses raisons, aurait dit Blaise Pascal. Et il songea à ces autres vers, ceux de Molière cette fois, dans *Le Misanthrope* :

Belle Phillis, on désespère alors qu'on espère toujours...

Et il fit bien d'espérer puisqu'il reçut un coup de téléphone quatre jours plus tard :

— Vous voyez, monsieur, j'ai tenu parole....

— Deux jours de retard quand même ! Mais je vous pardonne avec une petite pénitence.

— Laquelle ?

— Dîner avec moi.

— Sans obligation de payer le repas ?

— Sans obligation.

Et le dîner eut lieu. Il y eut un soir, il y eut un matin et Jean-René vit que cela était bon.

La jeune femme possédait un parcours atypique. Elle avait fait des études d'art puis avait intégré une société de mannequinat. Mais contrairement aux idées reçues, ce métier, qui relève de l'activité salariée, nourrit rarement les mannequins à l'exception de vedettes régulièrement réclamées par les clients des agences. Pour le plus grand nombre, le métier se résume à des interventions occasionnelles. Jessie Dessaint appartenait à cette catégorie. Elle devait donc exercer d'autres petits jobs, dont celui d'hôtesse pour de l'événementiel. Elle travaillait notamment pour le Parc des Princes depuis bientôt deux ans, secteur VIP. Son physique avantageux lui valait des invitations permanentes. Les habitués des loges pensaient, pour la plupart, qu'une hôtesse d'accueil est forcément une fille que l'on peut siffler à la demande et ramener à la maison ou à l'hôtel. Malési n'appartenait pas à cette catégorie. Il avait un respect en général pour toutes les femmes, quelles que soient la fonction et la position sociale. Bien lui en prit, car Jessie était réservée et résolument hostile aux comportements racoleurs et aux machos trop sûrs d'eux. Elle avait sans doute senti que Malési n'appartenait pas à cette catégorie.

Le dîner fut convivial à souhait. Jessie s'intéressait à l'art et notamment à la peinture. De son côté, Malési fut heureux de rencontrer un monde inconnu : celui des défilés de mode.

Il n'y eut ce soir-là aucun dérapage. Malési, que la différence d'âge maintenait sur une réserve de bon aloi, fut clair dans ses propos. Il ne ferait rien qui pût mettre la jeune femme mal à l'aise. En revanche, il ne cacha pas l'immense attrait qu'elle représentait à ses yeux. C'est ainsi que leur relation durant la première année se limita à des sorties, des dîners ou déjeuners ensemble.

Le seul progrès observé durant cette époque tint à de petites familiarités : ils se tutoyaient, se tenaient par le bras quand ils étaient de sortie. Malési demeurait sur une réserve d'autant plus prudente qu'il craignait, en cas d'initiative malheureuse, de tout gâcher.

Certes, il eût volontiers pris cette femme désirable dans ses bras. Il aurait aimé la serrer contre lui mais il savait qu'à trop demander, il risquait de tout perdre.

Jessie ne faisait rien pour faciliter une initiative de son nouvel ami. Elle appréciait la conversation et la conduite de Malési. Il se montrait prévenant, courtois, attentionné. Grâce à lui, elle découvrait des lieux inhabituels, des hôtels cinq étoiles, des restaurants étoilés. Les rares fois où elle avait lié des rapports avec des riches habitués du Parc, cela s'était mal terminé : une seule chambre avait été réservée au *Normandy* à Deauville ou au *Majestic* à Cannes. Elle avait exigé une seconde chambre ou à défaut elle avait menacé de quitter immédiatement les lieux. Une fois, un admirateur plus avisé avait réservé des chambres communicantes. Il avait tambouriné une dizaine de fois à la porte et avait fini par comprendre que la nuit n'était pas incluse dans le forfait !

Malési se comportait en noble chevalier faisant sa cour. Il se contenta de déclarer à la fin d'un dîner bien arrosé :

— Je t'attendrai le temps qu'il faudra.

— Tu connais nos règles de fonctionnement, ne gâche pas tout.

— Je sais, mais tu ne peux m'interdire d'espérer. En silence.

Cette liaison était complète à ceci près qu'elle n'avait rien de biblique. Malési s'en contentait. Se promener au bras de Jessie, pousser la porte d'un établissement de luxe, prendre place au premier rang d'un défilé avec la jeune femme à ses côtés, lui procuraient une immense fierté d'autant que rien n'empêchait les tiers de supposer une plus grande intimité. Il en eut pour preuve leur entrée dans la salle de jeu du casino de Deauville. Il y avait ce soir-là une vingtaine de joueurs répartis sur les trois tables ouvertes. Jessie portait une robe fendue jusqu'au haut de la cuisse. Cela aurait pu causer une émeute...

Les conversations s'arrêtèrent et tous les yeux convergèrent vers la femme. Celle-ci prit place sur un tabouret du bar. Malési, que le jeu intéressait peu, ne détestait pas regarder les accros de la roulette ou du Blackjack. Alors qu'il s'apprêtait à rejoindre Jessie, un homme âgé, vêtu d'un smoking qui devait avoir le même âge que son propriétaire, se pencha vers lui et glissa à son oreille :

— Félicitations. Monsieur a beaucoup de chance !

— Merci. Remplissez vos yeux, mais faites vite car nous n'allons pas nous attarder. Vous comprenez, nous avons mieux à faire...

— Oh, oui, je comprends...

Le pépère s'imagina des scènes torrides et comprit qu'il se faisait mal. La chance de ce côté de la vie ne l'avait pas gâté. Certes, il avait eu de belles femmes dans son lit, mais il ne l'avait jamais dû à ses mérites, uniquement à son portefeuille. Il se consola en pensant que le monsieur d'âge mûr qui ressortait au bras de la belle créature avait mis la main sur une splendide escort-girl. Pourtant, le maintien de la jeune femme et son air exprimant la plus grande réserve ne plaidait pas en faveur de cette thèse et cette constatation l'agaça.

Le couple prit l'habitude de passer des week-ends à La Baule ou à Deauville. Jessie ne boudait pas son plaisir. Jean-René était un compagnon délicieux à la conduite irréprochable.

Lors de la soirée du 31 décembre, ils fêtèrent le nouvel an au domicile de Malési. Celui-ci, au lieu de commander un dîner chez Lenôtre, se mit aux fourneaux et prépara un menu réunionnais. Jessie fut touchée par cette simplicité.

Aussi but-elle pour fêter l'événement force coupes de champagne.

La gentillesse de Jean-René et les vapeurs de l'alcool achevèrent de faire tomber les dernières barrières. Ce fut elle qui donna le signal :

— Bon, il est temps d'aller au lit.

— Tu prends l'une des deux chambres d'amis.

— Quoi ? Il n'en est pas question !

— Comment cela ?

— Tu vas bien me faire une petite place dans ton lit pour fêter la nouvelle année ?

— Si tu insistes...

En dépit de sa réplique, Malési n'en crut pas ses oreilles.

Ainsi fut-il mis fin à plus d'un an de parcours du Tendre.

Ce fut la plus belle nuit de son existence. Il avait tant attendu ces moments qu'il en fut bouleversé.

Cette nuit de folie ne changea rien à leurs habitudes. Malési s'interdisait de faire des projets, trop conscient de la différence d'âge. Chacun menait sa vie sans interférer dans celle de l'autre. Ils s'autorisaient quelques escapades pendant certains week-ends. Malési demandait toujours s'il fallait réserver une ou deux chambres.

Quand il était seul et que la nostalgie le guettait, il se remémorait les paroles de la chanson de Jean-Max Rivière et Gérard Bourgeois interprétée par Serge Reggiani. Elle lui arrachait des larmes :

Il suffirait de presque rien,
Peut-être dix années de moins,
Pour que je te dise "Je t'aime".
Que je te prenne par la main
Pour t'emmener à Saint-Germain,
T'offrir un autre café-crème.
Mais pourquoi faire du cinéma,
Fillette allons regarde-moi,
Et vois les rides qui nous séparent.
À quoi bon jouer la comédie
Du vieil amant qui rajeunit,
Toi même ferais semblant d'y croire.
Vraiment de quoi aurions-nous l'air ?
J'entends déjà les commentaires,
"Elle est jolie, comment peut-il encore lui plaire
Elle au printemps, lui en hiver"...

Même Guillaume Apollinaire s'en mêlait. Il avait appris ce poème, l'un des rares, en classe de 3e. Des vers terribles : « ... *Passent les jours et passent les semaines Ni temps passé Ni les amours reviennent, Sous le pont Mirabeau coule la Seine...* »

Triste réalité... Mais il se ressaisissait. Il fallait profiter du moment et oublier demain. C'était bien le conseil de Ronsard : « *Vivez, si m'en croyez, n'attendez à demain : Cueillez dès aujourd'hui les roses de la vie.* » Oui, il entendait profiter de cette belle histoire, de ce conte qui aurait pu être celui d'une fée si seulement un coup de baguette magique lui avait fait grâce de quelques années.

Il présenta à Jessie des artistes du *street art*, notamment Onemizer et Fenx. Il restait à lui faire découvrir sa terre natale. Il entreprit de le faire à l'occasion d'un festival de *street art* qu'il avait organisé dans l'île.

Ce fut fait le mois suivant.

Jessie tomba amoureuse de l'île. Elle insista pour que Malési la lui fasse découvrir, du nord au sud, de l'ouest à l'est. Il se trouva qu'au cours de leur séjour, le piton de la Fournaise s'énerva un peu.

La jeune femme fut éblouie par le spectacle grandiose de ce cracheur de feu. Le Réunionnais ne put s'empêcher de se rappeler les escapades avec sa journaliste. Il ne savait plus très bien si c'était cette femme qui suscitait une certaine nostalgie ou celle d'une jeunesse à jamais enfuie. Un temps bien lointain, mais encore présent dans sa tête. Ce voyage avec Jessie eut le mérite d'éteindre des souvenirs encore fumants.

Il était enfin exorcisé.

Jean-René Malési profita de sa présence à La Réunion pour prendre des contacts pour sa future fondation. Le projet avait avancé. Il pensa qu'il pouvait révéler à la presse sa création. Le retentissement fut énorme. L'extrême gauche se déchaîna avec des titres d'une violence inouïe. Malési ressuscitait l'époque colonialiste et le Bumidom, il arrachait à l'île ses plus brillants étudiants. Cette réaction fut toutefois marginale. Dans l'ensemble, les médias locaux réservèrent au projet un accueil enthousiaste et la télévision locale l'invita à deux reprises pour exposer son projet. *Le Quotidien de La Réunion* et *Le Journal de La Réunion* lui consacrèrent chacun une pleine page. Ces réactions positives placèrent au second rang la grande exposition de *street art* qui, nonobstant le phénomène de cannibalisation événementielle connut un grand succès.

Jessie fut impressionnée par la notoriété et l'aura de Jean-René dans l'île.

- 24 -

Jean-René Malési se réveilla avec une curieuse impression. Il lui sembla que ses deux gros orteils étaient un peu paralysés. Il n'y prêta guère attention. Le lendemain, il ressentit une sensation inconnue : ses genoux semblaient se dérober s'il montait des marches d'escalier. Il appela son médecin traitant. Celui-ci lui conseilla de surveiller de près l'évolution des symptômes et de le rappeler le lendemain.

Le mal semblait s'être aggravé. Il lui fut conseillé de consulter sans tarder un neurologue. On lui donna rendez-vous pour trois semaines plus tard. Son médecin intervint et le rendez-vous fut fixé au jour suivant.

Le mal avait progressé et Jessie avait acheté une paire de béquilles.

Le spécialiste lui fit subir un électromyogramme. L'examen dura moins de cinq minutes :

— À l'hôpital tout de suite, monsieur, vous avez le syndrome de Guillain-Barré, lui annonça le neurologue.

— Qu'est ce que c'est ?

— Une maladie auto-immune. Disons que c'est comme un bug informatique, votre système immunitaire à la suite d'une infection bénigne comme un vaccin, un rhume ou autre problème mineur, se trompe de cible et attaque la myéline qui entoure les nerfs. Ceux-ci, privés de liaison, ne répondent plus.

— C'est grave ?

— Dans certains cas, oui. Il faut arrêter la progression de la maladie, sinon elle va monter jusqu'aux voies respiratoires.

— Bon, je vais prendre mes dispositions pour me faire hospitaliser.

— Non, monsieur, vous allez directement aux urgences maintenant, je vous fais un mot pour le service. Vous êtes venu comment ici ?

— En taxi et avec des béquilles.

— Je vous fais appeler un nouveau taxi.

— À quel hôpital dois-je aller ?

— Je vous conseille Garches.

Malési appela Jessie. Malgré leurs relations intimes, chacun vivait chez soi. On se retrouvait épisodiquement pour le meilleur. Le reste du temps, on faisait domicile à part. Il lui expliqua brièvement son pépin de santé :

— Tu es où ?

— Chez un neurologue, avenue de Messine. Au 23.

— Je suis là dans une demi-heure, lui déclara-t-elle, le temps de trouver un taxi.

— Merci.

La jeune femme l'accompagna aux urgences de l'hôpital. C'est elle qui remit la lettre du neurologue au médecin de service. Quand il eut pris connaissance de la lettre, il s'avança vers Malési :

— Ne bougez pas. Je vous envoie un brancardier avec un fauteuil roulant. Nous allons vous faire une ponction lombaire pour confirmation du Guillain-Barré.

— Aïe, ce n'est pas agréable, paraît-il...

— Je ne sais pas encore qui va vous la faire. Mais ils ont tous l'expérience et en général, cela se passe bien.

De fait, la ponction se fit dans les meilleures conditions. Mais ce qu'ignorait Malési, c'est qu'il est nécessaire de rester allongé sans bouger pendant quatre à cinq heures après le prélèvement céphalo-rachidien.

Cette immobilisation fut un supplice.

Quand on l'installa dans sa chambre, Malési reçut la visite du chef de service :

— Ah, monsieur, vous avez bien un Guillain-Barré. On va commencer le traitement dès demain matin.

— Il consiste en quoi ?

— Votre Guillain ayant été détecté assez vite, on va vous traiter par plasmaphérèse.

— Qu'est-ce à dire ?

— On va retirer vos anticorps qui sont responsables du bug et séparer les cellules du plasma dans votre sang. En attendant, on va vous injecter un plasma artificiel, puis on va vous donner par intraveineuse de l'immunoglobuline. Voilà, vous en savez maintenant autant que moi. Je dois vous préciser que le Guillain-Barré va encore progresser dans les jours à venir. S'il monte jusqu'aux voies respiratoires, nous devrons vous intuber.

Au bout de quatre jours, les tests révélèrent que la maladie ne progressait plus. Malési, quand il apprit la gravité de son mal, se recommanda à Dieu. Il pria le Ciel et s'engagea à faire un pèlerinage à Saint-Jacques-de-Compostelle s'il sortait indemne de ce pépin de santé.

Jessie venait le voir tous les jours et ces visites l'aidèrent à supporter sa situation. Il songea que s'il n'avait pas eu la jeune femme, il se serait retrouvé seul car ses proches n'étaient pas suffisamment intimes avec lui pour lui rendre visite. Quant à ses enfants ils étaient, l'une en déplacement, l'autre outre-Atlantique.

Il prit conscience de son isolement. À travailler quinze heures par jour, il n'avait pas le temps de penser à sa solitude. Il en était tout autrement sur un lit d'hôpital. La boulimie dans le travail constituait une fuite en avant et permettait d'éviter la peur du vide.

Il passa un coup de fil à Lambertin. Il lui expliqua sa situation. Celui-ci compatit, mais n'annonça pas une visite à Garches. La conversation fut pourtant intéressante :

— Je vais vous dire, Alexandre, cette maladie me fait relativiser les choses. Le travail me sert de paravent. Je vais devoir lever le pied pour ne pas finir complètement idiot. Vous vous rendez-compte : le dernier livre que j'ai lu, cela remonte à plus de dix ans !

— Vous avez sans doute raison, mais permettez-moi de vous donner un conseil.

— Je vous écoute.

— N'arrêtez jamais de travailler, sinon vous êtes fichu. C'est comme pour le cycliste, s'il arrête de pédaler, il tombe.

— Alors je dois continuer sur le même rythme ?

— Je n'ai pas dit cela. Ce que je veux dire, c'est que ce n'est pas par hasard si vous bossez comme un malade. Vous en avez besoin.

— Pourquoi donc ?

— Vous en avez besoin pour ne pas vous poser des questions trop embarrassantes et parce que la réussite est un des moteurs de votre vie. Vous voulez vous prouver que vous êtes le meilleur, le plus astucieux, le plus imaginatif... Le pire, c'est que c'est en partie vrai. Alors difficile de s'en sortir. Je ne voudrais pas faire de la psychanalyse à deux balles, mais vous êtes fait de doutes énormes et d'optimisme démesuré. Ajoutez à cela un ego surdimensionné et on a fait un bon tour de la question.

— Merci docteur, je vous dois combien ?

— Vous avez raison de prendre mes propos à la rigolade et ce pour deux raisons : d'abord, je ne suis pas qualifié pour tenir pareil discours, et secundo, la dérision c'est sans doute ce qui vous manque le plus. Profitez-en. Donc riez et vous vous porterez mieux. La réalité en tout cela, c'est que chacun a ses problèmes, chacun essaie de se réconcilier avec son enfance, chacun trouve ses recettes pour survivre et ne pas devenir fou.

En cela, il n'y a rien à ergoter et personne n'est qualifié pour dispenser des leçons de vie. Si je devais vous donner un conseil, un seul, je dirais : regardez-vous dans la glace et, au lieu de vous admirer, fendez-vous la poire en contemplant le bonhomme qui vous fait face. C'est le rire qui manque... Savoir rire, c'est savoir vivre.

Au bout de huit jours de soins intensifs, il se confirma que le mal régressait. Il pouvait à nouveau se tenir assis sur une chaise et se raser tout seul. Au début de la semaine suivante, il eut la surprise de voir Lambertin pousser la porte de sa chambre :

— Ah, cher ami, Dieu ne vous a pas rappelé à lui, vous avez dû passer avec lui un étrange pacte, tel que je vous connais !

— Merci pour cette visite. Oui, le Ciel a entendu mes prières.

— Amen ! Bon l'essentiel, c'est que vous soyez toujours de ce monde, peu importe grâce à qui. Pour ma part, je pense que les médecins y sont pour quelque chose...

— Dieu a guidé leurs gestes.

— Vous savez qu'ils guérissent aussi des non-croyants ! Mais je ne suis pas venu pour vous taquiner. J'envie votre foi, même si je pense que c'est du pipeau. Pas tout à fait, cependant, puisqu'elle vous rend optimiste et que le moral est capital en médecine... Je suis venu car notre conversation téléphonique de l'autre jour m'a perturbé. J'ai regretté, à la réflexion, d'avoir été aussi critique... Je dois avouer que votre personnalité m'agace parfois. Dans le bon sens du terme. Vous semblez passer à côté des vicissitudes de la vie. La Terre se mettrait à tourner à l'envers que, une fois la surprise constatée, vous continueriez à travailler comme si tout cela n'avait pas d'importance et ne vous concernait pas. En fait, vous vivez au-dessus du monde. C'est une force. Heureusement que vous allez créer votre fondation, sinon j'aurais le sentiment que le sort de vos semblables vous indiffère.

— Je crois que vous coupez les cheveux en quatre. Vous gambergez trop. Reposez-vous, videz votre tête. Mon système est simple. C'est le travail qui donne du sens à mon existence. Sans lui, c'est vrai, je serais un peu déstabilisé. J'aime nos conversations. J'ai rarement l'occasion de discuter de ces sujets. Vous êtes mon contradicteur préféré.

— Et vous le mystère perpétuel. Comme je vous l'ai déjà dit, vous êtes à la fois d'une simplicité surprenante, et en grattant, on commence à se rendre compte que l'homme est plus complexe.

— Par ce que je suis un homme de foi ? Les hommes ont besoin de la foi.

— Bingo, l'ami, vous avez employé deux mots essentiels : foi et besoin. Vous me faites penser à un personnage de Dostoïevski qui déclare : « Si quelqu'un m'avait prouvé que le Christ est en dehors de la vérité et s'il était établi que la vérité est en dehors du Christ, j'eusse préféré rester avec le Christ plutôt qu'avec la vérité ».

— C'est un peu mon point de vue.

— Oui, mais vous avez parlé aussi de *besoin.* Alors moi, j'appelle cela l'aveu !

— Niez-vous que l'homme a *besoin* de spiritualité ?

— Bien sûr que non. Il en a besoin comme il a besoin de sexualité ou de se nourrir ou d'émotions esthétiques. Un office chanté en grégorien dans un monastère du treizième siècle, ça donne la chair de poule. Comme peut la donner une nocturne de Chopin ou un oratorio de Bach. Certains y voient une preuve de l'existence de Dieu, le beau, l'émotion seraient d'inspiration divine. Je veux bien, mais cela ne justifie pas les religions...

L'infirmière interrompit les échanges en apportant le plateau-repas de Malési. Celui-ci jeta un œil désabusé et confia à Lambertin :

— Je ne vous invite pas à dîner, l'ordinaire des lieux fait partie de la thérapie. Une semaine de ce régime et vous n'avez qu'une hâte : sortir. Et vous faites tous les efforts pour cela !

— Je ne veux pas remuer le couteau dans la plaie, mais je vais aller dîner ce soir à la Brasserie du *Mongol Fier*. Le jeudi, le patron nous concocte un jarret de veau aux petits légumes de printemps, une merveille.

— À ma sortie, car il va bien y avoir une sortie, vous m'inviterez à déguster ce jarret.

— Promis.

- 25 -

Au bout de trois semaines, Malési avait recouvré l'essentiel de sa mobilité. Il pouvait se tenir debout, même s'il ressemblait encore à un château branlant. Sa secrétaire lui apportait des dossiers et des chèques à signer. Il lui dictait une dizaine de lettres et donnait ses instructions. Chez Malési, même pendant les travaux, le bal continue. Il lisait après l'extinction des lumières les messages sur son ordinateur portable. Ses affaires n'avaient pas trop souffert de sa totale indisponibilité durant près de dix jours. Il est vrai que le cerveau n'avait jamais cessé de fonctionner. Il avait connu cinq à six jours de panique quand on lui avait parlé de sa maladie. Sa terreur avait toujours été de se retrouver infirme. Il faisait fréquemment des cauchemars sur ce thème et se réveillait en sueur. Le coup était passé près. Mais, grâce à Dieu, il s'en sortait. Ah, ce pèlerinage, oui, il le ferait. Pas en entier, il était trop âgé, mais, promis juré, il ferait un tronçon d'au moins trois cents kilomètres à partir d'Oviedo. Il avait conscience que ce n'était pas l 'itinéraire le plus attractif mais il n'était plus en mesure de partir du Puy-en-Velay ou de Vézelay. Pour cela, il faut posséder une condition physique exceptionnelle et disposer de temps. Or, ces deux conditions n'étaient pas réunies.

Malési connaissait bien l'histoire du pèlerinage et notamment ses origines. La légende s'en était mêlée et on ne savait pas trop bien si les reliques étaient bien celles de Jacques dit le Majeur, disciple de Jésus-Christ. Il était d'ailleurs probable qu'elles appartinssent à un évêque d'Avila, apostat, décapité à la fin du quatrième siècle. Il est aussi peu vraisemblable que Jacques le Majeur ait jamais mis les pieds en Espagne. Le transport de ses restes de Palestine en terre ibérique par ses disciples relève plus du conte que de la réalité.

Depuis Jean-Paul II et Benoît XVI, on ne parle plus, d'ailleurs, des reliques du saint mais *d'un lieu de mémoire*. Peu importe à qui appartenaient ces ossements, les croyants, à l'exception des intégristes, voient dans ce pèlerinage son aspect symbolique. Pour paraphraser Pascal, on pourrait dire que la foi a ses raisons que la raison ne connaît pas. Plus de trois millions de pèlerins se rendent chaque année à Saint-Jacques-de-Compostelle. Très peu partent depuis Vézelay ou Le Puy, moins d'une centaine tout au plus. Le « vrai pèlerinage » connut ses heures de gloire entre le onzième et le quatorzième siècle. C'était alors une gageure d'arriver à Saint-Jacques-de-Compostelle. Il fallait résister aux attaques des Normands, des rezzous musulmans, des brigands, fort nombreux à l'époque, et en embuscade sur le trajet, ainsi qu'aux loups affamés qui pullulaient alors.

Les malheurs qui s'abattirent sur l'Europe sonnèrent la fin du pèlerinage. La peste noire cloîtra les gens chez eux et la guerre de Cent Ans n'incita pas à voyager. La réforme protestante, de surcroît, mit à l'index le culte des reliques et, plus tard, Louis XIV interdit tout pèlerinage en terre étrangère. Un effet de mode s'ajouta à cette situation : faire un pèlerinage était laissé aux gueux, aux oisifs, et aux marginaux.

Il faudra que le pape Léon XIII, en 1884, reconnaisse l'authenticité des reliques pour qu'un nouvel élan en faveur du pèlerinage voie le jour. Des esprits mal intentionnés affirmeront que le pape venait de faire un « coup » que, plus tard on qualifiera de *marketing*.

Pour Malési, peu importe l'histoire et les légendes. L'essentiel se situe dans la démarche spirituelle. Il est des pactes passés par les hommes pour conjurer le sort ou motivés par la reconnaissance. Un événement est toujours à l'origine de l'engagement, ce qui témoigne à la fois de la crainte, de la superstition, mais aussi de la spiritualité profonde de ceux qui le prennent.

Le Réunionnais reprit ses activités. Mais, désormais, deux objectifs s'ajoutaient à son emploi du temps : la création de la fondation et le pèlerinage à Saint-Jacques-de-Compostelle.

Jessie l'avait soutenu durant son épreuve. Ses visites avaient été quotidiennes. Cela l'avait profondément touché. Pourtant, il se rendait compte de l'inconfort de leur situation. La différence d'âge suscitait de la pudeur et celle-ci lui interdisait des déclarations enflammées qui, pourtant, affleuraient ses lèvres. Reggiani chantait encore en sourdine : *Il suffirait de presque rien, peut-être dix années de moins pour que je te dise je t'aime...*

Malési rageait mais, en homme doué de raison, il savait que l'avenir de Jessie ne passait pas par lui. Il ne voulait pas pour autant gâcher son bonheur présent en pensant aux lendemains qui déchantent. Il fallait maintenant des circonstances exceptionnelles pour qu'ils se retrouvent ensemble sous la couette. Il était évident que cet aspect de leur relation n'était pas prioritaire pour la jeune femme. L'homme d'affaires représentait pour elle un ami, un père, un mentor et même un pygmalion, mais il n'était ni l'amour de sa vie, ni l'amant de ses rêves.

Malési, avec toute sa lucidité, sentait cela. Il devait pourtant se satisfaire de la situation. Jessie devait refaire sa vie, il était grand temps. Elle avait vécu près de dix ans avec un homme de son âge. Elle l'avait quitté après qu'elle eût découvert qu'il la trompait avec sa meilleure amie. Cette expérience l'avait rendue méfiante envers les hommes. Malési avait tout pour la rassurer et cicatriser ses plaies. Peu d'hommes avaient ce respect pour la femme et montraient une infinie prévenance au quotidien. Nonobstant la différence d'âge, il eût constitué le compagnon idéal.

Malési comprenait cet aspect des choses, mais il savait qu'on ne peut, comme disait Racine dans *Athalie*, « *réparer des ans l'irréparable outrage* ». Il n'en voulait pas au Ciel de l'avoir placé devant cette triste réalité. Il remerciait même celui-ci d'avoir inscrit une règle intangible, celle de l'égalité devant la mort et la décrépitude. Riche ou pauvre, génie ou déficient mental, tout le monde vieillit et, aucun homme, même fortuné, ne peut s'acheter une nouvelle jeunesse. Tout juste un lifting dont les résultats, le plus souvent, sont à la hauteur de l'ambition, c'est-à-dire désastreux.

Le duo - pour éviter de parler de couple - s'entendait bien au quotidien. Jessie aurait été même comblée si Malési avait montré plus d'intérêt pour le théâtre ou le cinéma. Mais ce dernier n'était pas rentré dans une salle obscure depuis près de dix ans, et la dernière fois qu'il était allé au théâtre, c'était pour voir Belmondo dans *Cyrano de Bergerac* à Marigny mis en scène par Robert Hossein. Pour être agréable à Jessie, et sur les conseils de Lambertin, il l'emmena voir *Art* de Yasmina Reza dans la mise en scène de Patrice Kerbrat. Le Réunionnais fut enthousiasmé par la pièce et son thème principal : le snobisme dans l'art. Un moment de grâce théâtral, reconnut la jeune femme.

La liaison se maintint encore quelques mois. Mais le feu sacré se mua en braises à peine rougissantes. Faute à l'impossibilité de bâtir des projets d'avenir. On se voyait moins, on s'appelait plus rarement... Malési fit des efforts, mais l'atmosphère n'était plus la même. On sentait dans le couple une atmosphère de fin de règne.

Le Réunionnais, toujours très lucide, acceptait cette situation. Il savait dès le début que cela ne pourrait pas durer plus longtemps que les roses. Mais c'est une chose d'en être conscient, c'en est une autre de le vivre.

Il se raccrocha à son travail, ce qui ne le changeait pas vraiment, et déploya toute son énergie à développer son association caritative. Les médias de l'île ne tarirent pas d'éloges sur l'enfant du pays qui n'avait pas oublié les siens. Malési en ressentit de la fierté. Rien ne vaut la reconnaissance des siens, et l'hommage de la terre natale.

Il eût retrouvé son sourire de jeune premier, qui en avait désarmé tant et séduit tant d'autres, s'il n'avait eu de la peine en considérant sa propre famille. Il n'avait qu'un petit-fils, qu'il n'avait jamais vu. Comment dans ces conditions envisager la suite ? Pour qui, finalement travaillait-il ? Pour lui ? Oui, bien sûr, mais après ? Tout homme qui a connu la réussite a envie de transmettre non seulement son patrimoine mais aussi et surtout ses recettes de vie, ses clés de la réussite, ses valeurs morales, son témoignage et ses valeurs chrétiennes. Et de participer au bonheur des enfants et petits-enfants. La dynastie Malési n'existerait pas...

Privé de cette perspective, il se repliait encore un peu plus sur lui et devenait son centre unique du monde. Il se demandait parfois s'il ne finirait pas comme Charles Foster Kane, le milliardaire du film d'Orson Welles, *Citizen Kane*, seul, abandonné de tous dans un grand palais vide. On cherchera peut-être quel était son *Rosebud* à lui, cet objet symbole d'une enfance tortueuse. Peut-être, mais qui ?

Malési, comme Kane, était issu d'une famille modeste, enfant d'une mère adulée…

L'heure n'est pas encore à la nostalgie de l'enfance, il y a encore tant de projets, tant d'ambitions dans la tête de cet homme qui vit d'avenir. Lambertin lui confia un soir alors qu'ils avaient dîné au *Violon d'Ingres* chez Constant :

— Vous savez que vous me faites penser au duc de Lauzun : il ne songeait qu'à l'avenir, toujours le regard vers le futur, il avait toujours des projets grandioses. Il se maria à soixante-deux ans avec une gamine de quinze ans, prétendit prendre un commandement d'armée à soixante-dix et faisait régulièrement des démonstrations de cheval dans le bois de Vincennes à quatre-vingt-dix ans pour l'éducation des jeunes cavaliers.

— Oui, je sais, un personnage hors du commun.

— Un peu comme vous, mon ami.

Comme *Citizen Kane*, Malési était fier de sa réussite, il pensait, à juste titre, qu'il ne la devait à personne. Alors, la tentation était grande de le faire savoir. Orgueil démesuré ? Pas vraiment. Désir sincère d'expliquer aux jeunes comment on peut s'en sortir ? Alors, au cours des conférences de presse consacrées à son association, il revint toujours sur le sujet et songea même à écrire un petit opuscule intitulé *Mes clés de la réussite*. Le projet ne verra jamais le jour. Question de pudeur ? Peut-être.

Quelques années plus tard, il donna une conférence à Saint-Denis de La Réunion. Plus de trois cents personnes, dont une bonne moitié de jeunes, s'entassèrent dans la salle de cinéma. Très marqués par l'opération « Billets pour la Métropole », la population voulait entendre Malési parler des *Clés de la réussite*.

Le conférencier fut brillant. Il eut l'honnêteté de commencer par évoquer la chance. :

« ... *Si vous l'avez, vous pouvez espérer atteindre des sommets. Si elle vous boude, il vous faudra encore plus de volonté et de courage pour vous en tirer. Mais la chance, elle finit tou-*

jours par tourner dans un sens ou dans l'autre. Quand c'est dans le bon sens, il faut savoir la saisir. Et c'est là que se fait la différence. Le train passe, et certains, sans trop réfléchir, vont sauter dedans. C'est celui qui mène au succès. D'autres, pour des raisons multiples, vont tergiverser, hésiter et finalement laisser le train repartir de la gare. Quand on est jeune, il faut aller jusqu'au bout de ses rêves, s'accrocher et ne pas se contenter d'une petite situation peinarde, non, il faut continuer jusqu'au bout. Voyez-vous, sans la chance, je n'aurais pas réussi. Mon seul mérite a été mon entêtement, ma volonté de gagner, de réussir, de prendre des risques, de me mettre en danger. Oui, je suis parti d'un quartier et d'une famille modestes. Mais j'ai fixé mes objectifs, adapté ma stratégie et profité des opportunités. Toujours un œil dehors, toujours à l'affût de ce qui peut marcher. Et surtout, il faut lire l'avenir, réfléchir aux défis de demain… Et puis, il est indispensable d'accepter de travailler, beaucoup. Et même encore plus. J'ai beaucoup travaillé et je travaille toujours autant. Alors, si vraiment vous rêvez de réussite, mettez la tête dans le guidon et pédalez à fond. Les études pour les plus jeunes, le parcours professionnel pour ceux qui sont déjà sur le marché du travail... ».

L'intervention de Malési dura une heure quinze. Il répondit ensuite avec beaucoup de franchise aux questions posées, surtout par les plus jeunes. L'exercice se prolongea jusqu'au début de la soirée. Lorsque le modérateur mit un terme aux échanges, l'assistance fit une *standing ovation* à l'orateur. Malési fut touché par cet enthousiasme : il était prophète en son pays !

- 26 -

L'heure était venue de tenir sa promesse.

Malési prit l'avion pour Biarritz. De là, il gagna Saint-Jean-Pied-de-Port. Il y passa une nuit et fut émerveillé par cette petite cité qui évoque un passé riche en événements et en souvenirs. La citadelle, bien sûr, mais aussi les murailles sur lesquelles s'adossent commerces et restaurants. Il fit une courte reconnaissance du chemin qui longe la Nive et passa la nuit dans un hôtel modeste, genre d'établissement qu'il ne fréquentait pas souvent. C'était la première fois qu'il mettait les pieds au Pays basque. La chance voulut qu'il y eût un soleil magnifique. Quand le soleil s'en mêle, ce pays devient féerique.

Il avait planifié son itinéraire. Comme il n'était plus tout jeune, il avait décidé de limiter son pèlerinage à trois cents kilomètres en quatorze étapes. C'est tout ce que lui avait autorisé son médecin. Il était donc prévu qu'il partirait de León en Espagne. Mais il s'était promis un petit supplément en ajoutant le franchissement du col de Ronceveaux. La difficulté de ce parcours qui traverse les Pyrénées devait lui donner, d'entrée, l'état de sa forme. Mais ce n'était pas la seule raison à ce supplément de marche à pied.

Malési avait dans sa jeunesse étudié *La Chanson de Roland*, préfet de la Marche de Bretagne, récit qui retrace l'embuscade dont fut victime l'arrière-garde de l'armée de Charlemagne. Ce texte l'avait beaucoup marqué. Cela relevait de l'épopée, c'est-à-dire, selon Victor Hugo, de l'histoire aux portes de la légende.

Qu'importe si aujourd'hui les historiens remettaient en cause la réalité des faits, et pour ceux qui soutiennent sa véracité, contestent l'endroit exact de l'embuscade laquelle, selon toute vraisemblance, ne serait pas à Roncevaux mais sur un col pyrénéen plus à l'est. La légende avait fait son œuvre et Malési voulait retenir que les Sarrasins avaient trucidé de bien bons chrétiens revenant d'une expédition pour en libérer d'autres... Peu importe si les ennemis désignés sous le nom de *vascons* étaient en fait des Basques ou des Gascons ou probablement les deux. Là n'était pas l'essentiel. Ce qui comptait, comme pour l'histoire de Saint-Jacques-de-Compostelle, c'était la force de la légende et celle du symbole.

Les croyances bien enracinées deviennent aussi vivaces que les réalités et prennent toute leur place dans la construction de l'âme humaine et de la culture collective.

Cela valait la peine de faire cette étape supplémentaire. Il y aurait donc quinze étapes. Une voiture était prévue pour conduire Malési de Roncevaux à León pour poursuivre, cette fois à pied, sur la *Camino francès*.

Gravir le col de Roncevaux s'avéra un... chemin de croix. Malési n'avait aucun entraînement. Le sport, il le suivait à la télévision et il y avait bien des années qu'il avait remisé les crampons, se limitant désormais à sa loge au Parc des Princes.

Bien que cette première étape fût très courte, il dut s'accorder un jour de repos avant de se rendre à León. Sa véritable première grande étape, à partir de cette ville, faisait vingt-et-un kilomètres, et la suivante, trente-et-un. Il se demanda si à son âge, il n'avait pas été trop ambitieux dans ses choix. Ses pieds étaient déjà douloureux à l'arrivée à Foncebadón, terme de sa troisième étape. Les lignes droites sont déprimantes et constituent un martyre pour les pieds. Les montées, même si elles sont plus difficiles, permettent un autre positionnement de la voûte plantaire et des doigts de pieds.

La variété de la déclivité est donc bienvenue.

Les motivations des pèlerins sont des plus diverses. Action de grâce pour certains, remise en cause pour d'autres, porte de salut pour des écorchés de la vie, tentative d'oubli pour des sinistrés de l'amour, volonté de se retrouver face à soi-même, ou encore défi pour se mieux connaître, mais aussi fondus de la découverte de paysages nouveaux et de la nature... Quelques aventuriers se mêlent parfois au cortège des marcheurs.

Malési poursuivait un double objectif : remercier le Ciel pour sa guérison du Guillain-Barré et désir de se jeter un défi... Ses habitudes, qui le voyaient plus souvent dans des palaces que dans des gîtes spartiates, le conduisirent à choisir des hébergements, certes modestes, mais bien loin de la promiscuité des auberges des pèlerins. Il faut reconnaître qu'en cette période de début octobre, les hébergements mis à la disposition des marcheurs étaient pris d'assaut. Depuis dix ans, il y avait une recrudescence du nombre de pèlerins. La plupart d'entre eux étaient espagnols, italiens ou allemands.

Il échangeait tout en marchant avec tel ou tel. Des sympathies s'établissaient, des liens se tissaient. Le rythme de chacun mettait souvent un terme à ces rapprochements. On doit suivre son propre rythme et non celui du voisin si l'on ne veut pas s'écrouler en chemin. Il fit pourtant la route de Triacastela à Sarria en compagnie d'un quinquagénaire originaire de Troyes et qui était parti du Puy-en-Velay ! Il comptait déjà plus de quarante jours de marche.

Malési était admiratif. Certes, il était nettement plus âgé que ce Bastien Delaville, mais quand même ! L'homme avait été licencié quatre mois auparavant et avait perdu sa femme dans un accident de voiture l'année précédente. Il avait décidé de prendre le large et de faire le point. Les échanges faisaient suite à de longs silences pour économiser le souffle. À l'étape du soir, Delaville avait gagné le refuge, et selon son habitude, le Réunionnais avait rejoint le petit hôtel réservé depuis plusieurs mois par son assistant. Quand il reprit la route le lendemain, il ne retrouva pas Delaville malgré le rendez-vous qu'ils s'étaient donné.

Certains pèlerins, dont un groupe de femmes, ajoutaient une part de mysticisme et se donnaient du courage en entonnant des *Je vous Salue Marie* sur un air de marche militaire. Cela sentait l'intégrisme à plein nez et Malési, tout en les respectant pour ces démonstrations de foi, se garda de se mêler à elles bien que leur allure s'accordât davantage avec la sienne.

Au cours de l'étape Palas De Rei/ Arzúa, il eut la malchance de sentir que ses ampoules commençaient à gonfler. Il dut faire une pause. Les pieds nus dans l'herbe rase de la berme, il regardait passer les cohortes de marcheurs qui, à l'approche de Saint-Jacques, s'étaient étoffées.

Il se sentait incapable de poursuivre. Il souffrait trop. On l'encourageait en passant mais cela ne guérissait pas ses plaies. Il commençait à se décourager. Si près du but et devoir prendre la voiture-balai, c'est-à-dire le véhicule qui convoyait ses bagages d'une étape à l'autre, c'était la plus grande frustration. Il pria le Ciel de venir à son aide et de lui donner la force de poursuivre. Le Ciel l'entendit ! Une femme approchait. Elle avançait d'un pas assuré, sac au dos et bâtons de marche. Elle salua Malési en passant d'un jovial *Buongiorno*. Elle marqua un temps d'arrêt puis revint en arrière :

— Hai un problema ?

— Si !

— Francès ?

— Si.

— Les pieds ? Vous avez des ampoules ?

— Absolument.

L'Italienne, une femme d'une cinquantaine d'années, parlait remarquablement le français. Elle prit place aux côtés de Malési.

— Vous permettez que je sous soigne ? J'ai été infirmière à mes débuts.

— Volontiers. J'avoue que je me sens ridicule. Si près du but...

— J'ai toujours avec moi la trousse d'urgence. Une aiguille, du fil, de l'éosine, de la pommade et un pansement spécial. Faites voir un peu... Ah, mais vous en avez plusieurs. Une est déjà percée, mais les deux autres ne le sont pas. On va vous arranger cela...

L'Italienne se démena. Elle perça les ampoules non ouvertes avec son aiguille et fit passer un fil. Elle déposa de l'éosine et finit par la pommade et le pansement spécial ampoules. Malési remit ses chaussettes et ses chaussures. Il tenta de se lever, mais fit la grimace.

— Normal, cela va être un peu dur au début mais cela devrait s'arranger. Je vous conseille de rester assis pendant une petite heure, vous reprendrez ensuite la route.

— Je ne sais comment vous remercier.

— Entre pèlerins, c'est normal.

— Vous êtes partie d'où ?

— De Toulouse par avion, puis marche à pied via le Somport. Ensuite j'ai rejoint León.

— Est-il indiscret de vous demander pourquoi vous faites ce pèlerinage ?

— Oui, c'est indiscret, mais je vais vous le dire. Je suis divorcée, mes enfants sont grands et sont, l'un aux USA, l'autre en Australie. J'ai eu un terrible coup de blues... Le cap de la cinquantaine... La solitude malgré une multitude d'amis... j'ai ressenti le besoin de faire un break, alors comme je suis croyante, l'idée m'est venue de faire le pèlerinage.

— Toute seule ?

— Oui, toute seule, c'était une condition essentielle pour moi.

— Vous faites quoi, professionnellement ?

— Là encore, c'est toute une histoire. J'ai commencé par des études d'infirmière car il me fallait travailler vite, étant de famille modeste. Puis au bout de quatre ans, j'ai rencontré un architecte, Il m'a prise en charge et poussée à reprendre mes études. Je suis donc allée à l'université. J'ai suivi des études d'art contemporain et je me suis lancée dans la peinture. Mon ami m'a beaucoup influencée et on retrouve dans mes toiles cette thématique de la géométrie de l'espace. Je peins comme Nadia Casciny, vous connaissez ?

— J'ai dû voir ses œuvres à la galerie Sainte-Catherine à Honfleur. C'est flamboyant. Elle a peint surtout Venise et Honfleur.

— Ma peinture fait partie de cette école. J'aime les couleurs chatoyantes et comme Casciny, j'apprécie les lignes géométriques.

La conversation se prolongea. Malési apprit que l'architecte était mort d'un cancer foudroyant à trente-cinq ans. Sophia Lombardi s'était mariée cinq ans plus tard et avait eu ses deux enfants avec ce mari propriétaire d'une galerie à Florence.

La femme posa à son tour quelques questions. Malési répondit sobrement, sans insister sur sa bonne fortune. Il résuma sobrement son parcours. Puis il demeura à l'écoute, exercice assez nouveau pour lui.

Cette catholique fervente fut heureuse d'apprendre que ce compagnon de chemin s'intéressait lui aussi à l'art. Ils évoquèrent le *street art*. Ce n'était pas la tasse de thé de Sophia, mais elle écouta volontiers les arguments de son interlocuteur. De son côté, celui-ci était sous le charme de cette inconnue. Il n'osait lui demander de l'attendre pour faire la fin du chemin de concert. C'est elle qui le lui proposa. Elle relança la conversation :

— Alors vous êtes dans les affaires, monsieur...

— Appelez-moi Jean-René.

— Volontiers.

— Oui, je suis dans l'immobilier.

— Et cela marche bien ?

— J'ai eu beaucoup de chance. Et le Ciel m'a souvent aidé.

— C'est pour cela que vous êtes-là ?

— Non, je suis là pour remercier Dieu de m'avoir guéri d'une vilaine maladie.

— Action de grâce, alors...

— Oui, tout à fait.

— C'était quoi, votre mal ?

— Un Guillain-Barré, une maladie auto-immune qui peut être fatale si elle n'est pas soignée à temps.

Malési expliqua la maladie. Un silence fit suite à son exposé. L'Italienne finit par proposer de reprendre la route :

— Je vais vous accompagner, et comme cela si vos ampoules vous jouent des tours, je serai votre infirmière !

— Vous êtes très aimable, Sophia. Ce sera un plaisir de faire route en votre compagnie.

Malési réussit en boîtillant à rallier Arzúa. Ils durent se séparer car madame Lombardi avait réservé dans une maison d'hôte et Malési dans le petit hôtel de la ville.

Le lendemain, l'Italienne était à l'heure au rendez-vous qu'ils s'étaient fixé. Malési n'osait trop l'espérer. Cette femme possédait un naturel et une simplicité qui le fascinaient. Pour une fois, il ne se sentait pas le droit d'en rajouter et d'étaler son insolente réussite. Ils firent les deux dernières étapes en prenant leur temps comme s'ils craignaient de mettre un terme trop rapidement à ces moments de grâce. Chacun écoutait l'autre sans l'interrompre, cherchant avant tout à mieux le connaître. Leur foi chrétienne possédait des sources communes même si Malési y ajoutait des touches moins essentielles aux yeux de la jeune femme. Aussi fut-elle surprise d'apprendre que son compagnon de voyage avait aménagé un petit oratoire chez lui :

— C'est... surprenant, mais l'idée est intéressante, même si je n'en installerai jamais chez moi... C'est un moyen de recueillement de méditation, de retour sur soi.

— Un lieu de quiétude, de réflexion. Le côté mystique rejoint le côté méditatif.

Ils continuèrent à bavarder tout en avalant les derniers kilomètres. Alors que l'on commençait à apercevoir la cathédrale, la foule grossissait. Il y avait des marcheurs de tous les pays. Beaucoup d'Italiens et d'Espagnols, des Allemands, des Polonais, des Anglais, des Irlandais, des Hongrois et même deux ou trois Coréens ! Tous ces pèlerins, qui touchaient enfin au but, rayonnaient malgré leur fatigue. Ils firent tous deux une première visite à la cathédrale. Quand ils ressortirent, ils croisèrent une femme d'une soixantaine d'années. Elle avait les larmes aux yeux :

— Vous pleurez ? demanda Malési.

— Oui, monsieur, de bonheur. J'ai réalisé mon rêve.

— D'où venez-vous ?

— De la banlieue parisienne, Chatou, mais je suis partie du Puy-en-Velay.

— Quoi ! Vous avez fait les mille cinq cents kilomètres ?

— Oui, je suis partie il y a maintenant presque trois mois.

— Venez nous raconter cela...

Malési emmena les deux femmes jusqu'à son hôtel et leur offrit un rafraîchissement.

— C'est une aventure exceptionnelle, commenta-t-il. Peu de pèlerins partent du Puy. Et vous avez fait tout le trajet seule ?

— Oui.

— Pas de pépin en route ?

— Non, sauf une tendinite qui m'a bloquée à Moissac. Mais j'ai eu de la chance. J'ai rencontré un médecin qui m'a remise sur pied en deux jours.

— Cela a dû être dur...

— Parfois. Mais j'ai traversé des paysages si beaux. J'ai adoré les Pyrénées sous la brume, le col de Roncevaux sous un soleil levant... J'ai fait des rencontres passionnantes. Du côté français, les gîtes se sont avérés agréables. En revanche, côté espagnol, il y a à redire. Ils sont énormes et dans cette foule, la convivialité n'est pas la vertu première. Et puis, excusez la trivialité, mais pour l'hygiène... Oui, c'était un peu décevant.

— Je suis admiratif, madame, assura Malési.

— Merci. Vous ne pouvez pas savoir ma fierté d'avoir réalisé ce rêve.

— Oh, si, je comprends.

— Vous allez à la messe demain dimanche ?

— Bien sûr.

— Celle de 11 h est en grégorien.

— J'aime la musique grégorienne, précisa Sophia. Nous irons, n'est-ce pas, Jean-René ?

— Bien entendu.

Après s'être rafraîchis, ils décidèrent de retourner à la cathédrale. Il y avait maintenant moins de monde et il était plus aisé de se recueillir.

Ils s'agenouillèrent tous les deux au milieu de la nef. Un organiste jouait une cantate de Bach. Une musique douce, enveloppante. Ils fermèrent les yeux et bénirent le Ciel d'avoir atteint leur but. Ce fut un moment fort pendant lequel ils se sentirent aériens, heureux, et marchant à l'amble. Oui, ils connaissaient un moment de complicité dans ce recueillement et prolongèrent ces instants presque mystiques.

- 27 -

Des moines avaient chanté l'*Introït*, le *Kyrie*, l'*Agnus Dei*, le *Sanctus*. Sophia et Jean-René partageaient la même émotion. La cathédrale, le chant grégorien, le recueillement de tous les pèlerins présents à l'office, l'atmosphère de piété collective, tout concordait à faire monter les larmes aux yeux de nombreux fidèles. Ils étaient parvenus au terme de leur voyage. Certains après quelques kilomètres, d'autres après quasiment deux mille... Tous fiers d'avoir réalisé leur ambition, leur défi. C'était maintenant l'heure du relâchement, de la communion mystique entre tous.

Curieusement, comme au dernier moment de la vie, les images défilèrent devant Malési. Depuis Saint-Denis de La Réunion en passant par Toulouse, Paris, La Baule... C'est alors que retentit le *Te Deum* chanté a capella par les moines. Moment magique.

Malési se remémora ce vieux poème crétois du dix-septième qui l'avait marqué au point de le retenir :

Que je chante et que j'exprime la douleur qui me tourmente

Et il me semble qu'elle devient une eau qui apaise le feu en moi

Quarante fontaines et soixante-deux puits ne peuvent éteindre

Le feu qui flambe dans les tréfonds de mon cœur.

Le chant lui semblait constituer l'expression la plus profonde de l'affectif humain. Il suscitait une résonnance encore plus magique en ce lieu en se perdant sous les voûtes de la cathédrale. Malési ressentit une énorme bouffée de bien-être, il était dans un état second, presque extatique. À ses côtés, Sophia semblait partager ce moment d'exception. Instinctivement, pour marquer la communion de leurs pensées, Malési posa sa main sur celle de la jeune femme. Elle ne la retira pas. Alors un grand frisson le parcourut. Tout se mêlait : la majesté du lieu, le chant des moines, le bonheur du défi réussi, la satisfaction d'avoir tenu sa promesse faite au Ciel, et, bien sûr, la présence de Sophia, la Florentine.

Cette compagne de route représentait un cadeau de la Providence. Sans nourrir de desseins injustifiés, il profitait simplement du moment : le partage de sa joie intérieure, l'opportunité de converser avec quelqu'un aux préoccupations proches des siennes. S'il ne devait pas la revoir, du moins conserverait-il un souvenir magique des moments passés en sa compagnie.

Quand ils sortirent de la cathédrale, l'émotion les gagnait encore. Alors, sur l'insistance de la jeune femme, ils allèrent sacrifier au rituel en abandonnant leurs chaussures de marche à Fisterra. Jadis, on y brûlait les vêtements en signe de purification. C'est désormais interdit à cause des risques d'incendie.

Arriva le moment du départ. Malési insista pour que Sophia prenne sa voiture d'accompagnement pour regagner Biarritz. Elle accepta. Ils prirent ensemble l'avion pour Paris. Sophia regagna ensuite Florence. On promit de se revoir. Mais la magie ne s'était-elle pas déjà envolée ?

Le retour aux affaires fut pénible. Les dossiers s'étaient accumulés, il fallait reprendre en main des opérations mal suivies par ses collaborateurs. Il eut toutes les peines du monde à se concentrer. Sa tête était encore pleine des souvenirs de son périple espagnol. L'émotion le gagnait parfois quand il rentrait dans son grand appartement. Seul avec cette nostalgie à traîner derrière lui.

Un mois s'écoula. Il revit Lambertin et lui conta son aventure. Ce récit eut l'heur d'amuser son nouvel ami :

— Moi, vous savez, me prosterner devant des ossements plus ou moins authentiques…

— Ce n'est pas le sujet. Cela va bien au-delà.

Il expliqua sa vision de ce pèlerinage. En homme ouvert, Lambertin admit sans pour autant partager.

Au début du mois de septembre, il décida de se rendre à Florence sans prévenir Sophia. Il se rendit à la galerie. Elle écarquilla ses grands yeux verts quand il entra. Un sourire illumina son visage :

— Vous, ici, Jean-René !

— J'avais envie de connaître la Toscane.

— C'est la première fois ?

— Oui.

— Alors, je serai votre guide.

— Volontiers. Êtes-vous libre à dîner ce soir ?

— J'avais quelque chose de prévu, mais je vais annuler.

— C'est gentil, cela me fait un immense plaisir. Rendez-vous au *Santa Elisabetta*, 20 h.

— Oh, mais ce n'est pas dans mes moyens, c'est un étoilé !

— Vous êtes mon invitée.

Pendant le dîner, il fut question de peinture. Sophia se proposa comme guide pour les musées. D'abord celui des Offices, le Palais Pitti, la Galleria dell'Academia et le Couvent San Marco car Malési tenait à voir les tableaux de Fra Angelico. Encore un souvenir de jeunesse, des cartes postales de la peinture italienne remises à son école pour bonne conduite !

Après les musées, il parcourut la Toscane en tous sens, appréciant particulièrement les collines du Chianti et San Gemignano ainsi que le parc naturel de Casentino. Tout ici était calme, douceur. On semblait vivre à une autre époque. Beaucoup de villas évoquaient le glorieux passé des villes de Toscane : Sienne, Pise, Arezzo, Lucques, Montalcino, San Miniato... Sophia connaissait bien sa Toscane...

Malési ressentit un coup de foudre pour ce pays. Il se mit à rêver, à gamberger. Il lui vint cette idée, une lubie peut-être, de poser des valises en Toscane. Il s'en ouvrit à Sophia :

— Dis-moi, et si j'achetais un pied-à-terre dans la région ?

— Tu songes à t'installer ici ?

— Non, mais un pied-à-terre seulement pour passer des vacances, des week-ends. Ce n'est pas très loin de Paris, une heure trois quarts en avion maximum.

— Tu es sérieux ?

— Oui, très.

— Et, excuse-moi, nos bonnes relations y sont-elles pour quelque chose ?

— Peu importe ce qu'il adviendra : j'aime ce pays, j'aime sa culture, j'aime ses paysages et... sa gastronomie. Et puis j'aime bien ta compagnie.

— Des raisons suffisantes, en effet. Alors, maintenant, on visite des propriétés. Tu veux que je prenne contact avec les grosses agences locales ?

— Oui, je veux bien.

— Quel type de propriété ?

— Ah, mon cahier des charges est compliqué : une belle construction ancienne, bien proportionnée, un corps principal flanqué de deux avancées, façade ocre ou jaune clair. Plain-pied de préférence, terrasses en cascades, piscine, nichée dans la verdure, construction ancienne mais totalement rénovée car je n'entends pas me lancer dans des travaux, si possible quelques beaux plafonds à caissons et peintures anciennes. Ce serait la cerise sur le gâteau...

— C’est tout ?

— Vue sur des collines, grande allée d’arrivée. Pas trop loin de Florence.

— Ton budget ?

— Ce n’est pas le problème...

— Ah... monsieur a les moyens.

— Oui, mais cela reste un pied-à-terre. Entre un et deux millions.

— Tu me donnes le vertige... Est-ce bien raisonnable pour des week-ends ?

Avec un grand sourire, Malési répondit :

— Qui sait ce que réserve l’avenir !

Épilogue

Trois ans plus tard

Jean-René Malési a acheté sa propriété. Elle correspond exactement à ce qu'il avait en tête. Il passe désormais la moitié de son temps en Toscane. Sophia Lombardi partage le sien entre Florence et la villa.

Le Réunionnais ne cesse de remercier le Ciel. Son pèlerinage lui a remis les idées en place. Il lui a apporté la quiétude, il a relativisé les choses et court moins après l'inutile. Ses affaires tournent gentiment mais au ralenti. Il a enfin décidé de déléguer !

Dieu, il en est sûr, l'a remis sur le bon chemin, celui où le souci des autres a sa place, où la quête de la fortune n'est plus le moteur essentiel. Saint-Jacques-de-Compostelle lui a aussi donné l'amour. Divine Providence, merci pour vos bienfaits !

Sa vie désormais repose sur Sophia, la peinture, sa fondation, les douces soirées de Toscane. Ah, ces moments délicieux sous la grande tonnelle couverte de verdure et ouverte sur les pelouses par de grandes arcades de pierre et de briques rouges. On parle et on parle encore autour d'un dernier verre de chianti. Peut-on rêver bonheur plus complet, vie plus simple, complicité plus fusionnelle que celle qui fut découverte sur les chemins de la coquille ?

Oui, encore merci. Il faudra refaire un pèlerinage en action de grâce !

Il écrivit un long mail à Lambertin :

... *On vous attend ici cet été. Vous voyez, Dieu sait récompenser ses fidèles pèlerins. C'est grâce à Compostelle que j'ai enfin trouvé le bonheur et la sérénité. Tellement que j'ai l'impression de rendre pour la première fois une copie propre. Tout le reste, ce fut des brouillons...Vous verrez, la Toscane, c'est formidable, et vous ferez la connaissance de ma Sophia, une femme extraordinaire. Si elle me demandait d'abandonner mes activités pour rester toujours auprès d'elle, je le ferais. Mais elle ne me le demandera pas. Et c'est bien aussi.*

Alors, cher agnostique, ne sont-ce pas là des preuves de l'existence de Dieu ? Promettez-moi de venir vite. On en parlera.

Les nuages frissonnaient, les sièges cotonneux malgré tout n'en souffraient pas. Dieu, bien calé sur son petit nuage, du haut de son olympe, confia à saint Pierre :

— Voyez, il ne faut jamais désespérer, ce Malési a enfin trouvé son chemin de Damas. Le jour où il nous rejoindra ici-haut, il sera bien accueilli.

— Si telle est votre volonté...

— Mais oui, mon bon saint Pierre, un homme de bien, finalement. Notez-le !

Malgré tout le temps passé ensemble, ils ne se tutoyaient pas. Dieu ajouta :

— Je pense qu'on va le laisser encore sur terre quelque temps. Modifiez l'agenda. Il a encore du bien à faire.

 – ISBN 978-2-490742-43-1

Dépôt légal : mai 2022
Imprimé en Union Européenne
Achevé d'imprimé en mai 2022 par BOOKSFACTORY
Siège social : Print Group Sp. z o.o., 71-004 Szczecin,
ul. Cukrowa 22, POLOGNE